dtv

ERICH KÄSTNER

Die Montags-Gedichte

Mit einem Vorwort von
Marcel Reich-Ranicki

Kommentiert von
Jens Hacke

dtv

Erich Kästners Werke für Erwachsene
liegen bei dtv in zahlreichen Einzelbänden
und Anthologien vor.

Ausführliche Informationen über
unsere Autoren und Bücher
www.dtv.de

MIX
Papier aus verantwortungsvollen Quellen
FSC® C019821
FSC www.fsc.org

2. Auflage 2017
dtv Verlagsgesellschaft mbH & Co. KG, München

Umschlaggestaltung: dtv unter Verwendung des Bildes
›Zeitungsleser im Café‹ (um 1950) von Walter Trier
Gesamtherstellung: Druckerei C.H.Beck, Nördlingen
(Satz nach einer Vorlage des Atrium Verlags)
Gedruckt auf säurefreiem, chlorfrei gebleichtem Papier
Printed in Germany · ISBN 978-3-423-14496-4

Inhalt

Vorwort
von Marcel Reich-Ranicki

Nie wollte er aufhören zu glauben, dass die Menschen besser werden könnten, »wenn man sie oft genug beschimpft, bittet, beleidigt und auslacht«. Er, der Autor düsterer und resignierter, bissiger und bitterer Gedichte, war in Wirklichkeit Deutschlands hoffnungsvollster Pessimist und der deutschen Literatur positivster Negationsrat. Er gehört zu den Moralisten, die zugleich Spaßmacher sind. Er ist ein Conférencier, der keine Hemmungen hat zu predigen. Und er ist ein Prediger, der gern und stolz die Narrenkappe trägt. In allem, was er geschrieben hat, dominiert unmissverständlich und dennoch unaufdringlich das Pädagogische. Mithin ein Schulmeister gar? Aber ja doch, nur eben Deutschlands amüsantester und geistreichster.

Er war witzig. Also nahm man ihn nicht ganz ernst. Aber er hatte Anmut und Charme. Also hielt man ihn für etwas unseriös. Er war sehr erfolgreich, ja, er wurde – wie seine Zeitgenossen Tucholsky und Ringelnatz, Fallada und Zuckmayer – ein typischer Volksschriftsteller. Also misstraute man ihm. Während andere das Bedürfnis hatten, sich einzureihen, bei einer politischen Organisation Schutz zu suchen oder sich mit ihr ganz zu identifizieren, blieb Kästner zwischen den Fronten und Parteien. Seine beharrliche Ablehnung der ideologischen Rezepte traf logischerweise in allen Parteien, gelinde gesagt, auf wenig Gegenliebe. Aber damit hat es auch zu tun, dass viele seiner Gedichte aus der Weimarer Zeit bis heute überlebt haben und einige sogar überraschend aktuell sind.

In den zwanziger Jahren, als es darum ging, den Lesern, die von Trakl'scher Trauer, vom Rilke'schen Rhythmus und vom George'schen Gepränge begeistert und betört waren und vom expressionistischen Schrei genug hatten, eine Dichtung schmackhaft zu machen, die deutsch und dennoch nützlich wäre, damals, als Poesie für den Alltag das Gebot der Stunde hieß, da war Kästner einer von jenen »Gebrauchspoeten«, die »Gebrauchslyrik« zu liefern entschlossen waren. Gedichte sollten, meinte er 1929, »seelisch verwendbar« sein, er verstand sie als Notizen »im Umgang mit den Freuden und Schmerzen der Gegenwart«, wogegen ihm »die Bekanntgabe persönlicher Stimmungen« geradezu verwerflich schien. »Das, was er schrieb, war manchmal Dichtung, / doch um zu dichten, schrieb er nie.« Er meinte Lessing, aber es gilt auch für ihn selber.

Was seine Protokolle aus dem Leben der modernen Großstadt zunächst auszeichnet, ist ihre vor dem Hintergrund der deutschen Lyrik gar nicht so selbstverständliche Unmittelbarkeit und Deutlichkeit. Der Lyriker Kästner wagte es, gleich und immer zu sagen, worauf es ihm ankam. Unzählige Leser waren ihm dafür dankbar; nur dass viele Kritiker es ihm nicht verzeihen wollten. Die kunstvolle Machart dieser melodischen und oft einschmeichelnden Verse ist nie recht anerkannt worden. Gewiss, die formale Erneuerung der Poesie war seine Sache nicht. Meist verließ er sich auf die herkömmlichsten und populärsten Formen der deutschen Lyrik, zumal auf die vierzeilige und sechszeilige Strophe mit Reim und regelmäßigem Rhythmus. Doch die alten Schläuche füllte er mit neuem Wein. In der traditionellen, oft volksliedhaften Strophe tauchte die saloppe Umgangssprache der späten zwanziger Jahre auf: Alltagsphrasen, Zeitungswendungen und Reklameslogans, auch der Behördenjargon, auch der Slang der Militärs. In dieser Poesie ist die Rede von Schreibmaschinen und Schinkenbroten, von Krediten und Bilanzen, von Bardamen und Abtreibungen. Das von Kästner am häufigsten angewandte Prinzip war die Übernahme des Konventionellen für die (möglichst überraschende) Mitteilung des Aktuellen.

Und das Aktuelle – das ist die Krise. Dieses Lebensgefühl artikulieren die Gedichte Kästners aus den Weimarer Jahren: Sie lassen die allgemeine Unsicherheit spürbar werden, sie registrieren die Symptome sowohl der politischen als auch der persönlichen, sowohl der wirtschaftlichen als auch der sexuellen Krise. Daraus ergeben sich die wichtigsten Motive seiner Lyrik: die Hilflosigkeit des Individuums und die Enttäuschung der missbrauchten Generation, Arbeitslosigkeit und Kulturmüdigkeit, Resignation und Abschiedsstimmung. Der Titel Falladas, *Kleiner Mann – was nun?*, ist zugleich das Motto der Lyrik Kästners. Er, der Sänger der kleinen Leute und der Dichter der kleinen Freiheit, gehört mittlerweile zu den Klassikern der deutschen Literatur des zwanzigsten Jahrhunderts.

Die jetzt durch den Atrium Verlag ermöglichte Neulektüre der *Montags-Gedichte* führt vor Augen, wie Kästner arbeitete. Wach, mitten im urbanen Berliner Leben, mit dem genauen, oft schonungslosen

Blick für Zeittrends und Zeitgenossen und mit dem unbedingten Willen, die Modernität und Liberalität der Weimarer Republik zu verteidigen. Es war nicht sein Stil, sich in den Gegner zu verbeißen, Kästners bevorzugte Mittel waren Spott und Ironie. Wo die Gegner standen, das wusste er freilich genau: Ein ums andere Mal entblößt er den Militarismus, die Macht der Großindustrie, dumpfen rechten Nationalismus, die Neureichen, das Spießertum im kulturellen Leben.

Es ist der typische Kästner-Ton, der uns in diesen Gedichten entgegentritt, verbunden mit vertrauten Sujets: Bahnreise, Klatsch und Tratsch, die Einsamkeit des Städters (und immer wieder Selbstmord), die Geistlosigkeit der Massenvergnügungen, Touristik, die Erotik des Alltags. Natürlich tritt die geliebte Mutter immer wieder in Erscheinung, und wir erhalten einen kleinen Einblick in Kästners Reisen und Urlaube, zum Beispiel in Paris und Dänemark, an der Ostsee oder in den Alpen.

Kästner war einer der besten Kenner der Berliner Theater- und Literaturszene. Seine vielen Theaterkritiken und Buchrezensionen, aber auch seine Veranstaltungsberichte und Reportagen bilden den Erfahrungshintergrund für zahlreiche der hier versammelten Gedichte. In den Jahren 1928 bis 1930 sind wir Zeuge eines rastlos produktiven und ambitionierten Schriftstellers, der sich auf dem Weg zum Ruhm befindet. Der junge Kästner der Weimarer Jahre ist immer noch nicht vollständig erschlossen; er verbleibt bislang im Schatten des Kinderbuchklassikers und des Moralisten. Es ist an der Zeit, das zu ändern und ihm seine Lebendigkeit zurückzugeben. Diese Gedichte tragen dazu bei.

Die Montags-Gedichte

mm DER MONTAG MORGEN

Anzeigenpreis: Millimeter-Zeile 0,40 Reichsmark, Reklame-Zeile 2,— Reichsmark. Vorzugsplacierung nach besonderem Tarif. — Druck: Arthur Lehmann, Berlin SW 11, Königgrätzer Straße 40–41

Preis 20 Pfennig

Morgen-Verlag G. m. b. H., Hedemannstr. 13, Sonntags-Redaktion ab 5 Uhr nachmittags: Möckernstraße 144. Tel.: Bergmann 1348 u. 4313–14. An den übrigen Tagen: SW 48, Hedemannstr. 13 Tel.: Bergmann 7045–47. Bezugspreis durch die Post 2.10 M. vierteljährlich, unter Streifband 3 M.

Sechster Jahrgang — Nr. 24

Berlin, 11. Juni 1928 — Ausg. B

Furchtbare D-Zug-Katastrophe

Zug Nürnberg—Köln von der Böschung abgestürzt

Bisher 22 Tote und über 100 Verletzte geborgen — Grauenhaf[te] Verwundungen durch Verbrühen — Attentat oder Dammrutsch

Nürnberg, 10. Juni.

Sonntag um 3/4 3 Uhr früh ereignete sich bei Siegelsdorf, zwischen Nürnberg und Würzburg ein entsetzliches Eisenbahnunglück. 200 Meter hinter der Station Siegelsdorf entgleiste der Schnellzug D 47 München — Nürnberg — Würzburg — Frankfurt —Köln auf freier Strecke und stürzte den Damm hinunter. Die Folgen waren entsetzlich. Die Lokomotive stürzte die 10 Meter hohe Böschung hinab, überschlug sich und bohrte sich mitsamt dem Tender tief in das Erdreich ein. Während der nachfolgende Gepäckwagen wie durch ein Wunder auf dem Bahnkörper stehen blieb und noch 80 Meter weiterrollte, fiel der zweite Packwagen auf der Böschung auf die Seite, ebenso der erste Personenwagen. Die folgenden Waggons wurden ineinandergeschoben und zertrümmert. Der vierte Wagen wurde die Böschung hinunter und auf die Lokomotive geworfen, die sich bei dem Anprall in die Höhe stellte. Der fünfte Personenwagen wurde auf den vierten Wagen geworfen, den er zerdrückte.

Das Unglück hat bisher 22 Tote, elf Schwerverletzte gefordert. Vierzehn Reisende waren bereits bei den ersten Rettungsarbeiten tot unter den Trümmern geborgen worden. Die übrigen sind im Krankenhaus ihren Verletzungen erlegen. Es ist zu befürchten, daß sich die Zahl der Toten im Laufe der Nacht noch erhöht.

Die meisten Verletzungen entstanden durch den aus der umgestürzten Lokomotive entströmenden Dampf, der entsetzliche Verbrühungen verursachte. Auch die Toten, — die meisten waren Insassen des vierten Wagens, — sind zum größten Teil durch den ausströmenden Dampf derart verbrüht worden, daß sie vollkommen unkenntlich waren. Die Verletzungen der Reisenden waren grauenerregend. Aus dem Wagen drangen ununterbrochen die Schreie der Verwundeten. Immer wieder wurde der Ruf nach Wasser laut. Das Fleisch hing den Toten und teilweise auch Schwerverletzten von Händen und Gesicht. Ein Mann war mit dem Kopf zwischen die Tür eines Wagens eingeklemmt worden und konnte erst nach 2½ Stunden befreit werden. Fast sechs ... Unglück geschehen war, ... mit schweren Ver-

wird auch von einem Attentat gesprochen, ohne daß bisher irgendwelche Anhaltspunkte dafür vorliegen. Von anderer Seite wird behauptet, daß das Unglück durch einen Dammrutsch herbeigeführt worden sei.

An der Unglücksstätte

Zwanzig Minuten nach der ersten Nachricht über die Katastrophe rollten aus Würzburg und Nürnberg Hilfszüge ab. Sanitätskolonnen und freiwillige Feuerwehren eilten gleichfalls herbei. Elf Aerzte bemühten sich am Unfallort um die Verletzten, die zum größten Teil in Autos in Krankenhäuser nach Fürth und Nürnberg transportiert wurden. Auch der Präsident der Reichsbahndirektion Nürnberg begab sich an die Unfallstätte. Vertreter der Generaldirektion und des Verkehrsministeriums sind unterwegs. Der Verkehr auf der Strecke wurde zunächst vollkommen unterbrochen, aber schon nachmittags auf einem Gleise, abends auf beiden Gleisen wieder eröffnet.

Unter den Toten befindet sich auch der Lokomotivführer, während der Heizer durch einen geistesgegenwärtigen Sprung sein Leben retten konnte. Sieben Angestellte der Eisenbahn und zwei Frauen von Eisenbahnern sind unter den 22 Toten. Es sind Teilnehmer an einem Lehrkursus der Reichsbahn in München, die den Unglückszug zur Heimreise benutzt hatten.

(Weitere Nachrichten Seite 2.)

Womit wurde Hamburg vergiftet?

Neue schwere Vorwürfe gegen die Behörden — Das Geheimnis der Stoltzenbergschen Gase

Berlin, 11. Juni.

Anläßlich der Hamburger Giftgas-Katastrophe hatte die „Liga für Menschenrechte" am Sonnabend eine öffentliche Kundgebung veranstaltet, in der durch die bekannte Chemikerin Frau Professor Gertrud Woker neue schwerwiegende Anklagen gegen die Hamburger Behörden und gegen die amtliche Untersuchung des Hamburger Unglücks erhoben wurde. Die zuständigen Stellen werden zu diesen aufsehenerregenden Vorwürfen unbedingt Stellung nehmen müssen.

Schon unmittelbar nach der Hamburger Explosion hatte der sozialdemokratische Reichstagsabgeordnete Dr. Paul Levi Zweifel daran geäußert, daß es sich bei dem tödlichen Gas, so wie amtlich behauptet wurde, tatsächlich um Phosgen gehandelt habe. Frau Professor Woker, der niemand Sachverständigkeit absprechen kann, hat durch ihre Ausführungen in der Kundgebung der Liga für Menschenrechte diese Zweifel für durchaus berechtigt erklärt. Sie teilte mit, daß die sowjetrussische Niederlassung der Stoltzenbergschen Fabrik in Trotzk ein neues Giftgas produziert habe, dem sein Erfinder, Herr Dr. Stoltzenberg selbst, den Namen Bersol gegeben habe. Es sei wahrscheinlich, daß das in Hamburg eingelagerte angebliche Phosgen mit diesem Bersol übereinstimme, — einem Gift, das nach russischen Feststellungen viel entsetzlichere Wirkungen haben soll, als die bisher bekannten Giftgase. Herr Stoltzenberg habe vermutlich bei seiner Trotzker Fabrikation nicht das gewöhnliche Phosgen verwandt, sondern Flourid, das eine viel energischere Wirkung auf lebendes Gewebe hat. Es entzieht dem Gewebe den Wasserstoff und verbindet sich damit zum Fluorwasserstoff, einer Substanz von äußerst ätzenden Eigenschaften. Auf der Haut mehrerer Opfer der Hamburger Katastrophe, so erklärte Frau Professor ..., festgestellt worden, ... bei ... führen sein, das der explodierte Tank angeblich enthalten hat.

Der berühmteste deutsche Gas-Spezialist, Professor Haber, wäre vermutlich leicht in der Lage, diese Frage zu klären. Er war der Vorsitzende eines dreiköpfigen Schiedsgerichts, das vor einiger Zeit einen Streit zwischen Dr. Stoltzenberg und der Lohmannschen Gesellschaft „Wipro" zu entscheiden hatte und sich nach einem Spruch, der die Forderungen beider Parteien gegeneinander ausglich, eine Urteilsgebühr in Höhe von 150 000 Mark, ausschließlich der Spesen, auszahlen ließ. Herr Professor Haber dürfte in seiner Schiedsrichter-Eigenschaft in alle Einzelheiten der Stoltzenbergschen Produktion eingeweiht worden sein.

Durch die eigenen Erklärungen Dr. Stoltzenbergs ist längst im In- und Ausland bekannt, daß seine deutschen und russischen Giftunternehmungen in Zusammenarbeit mit einer Lohmannschen Abteilung des Reichswehrministeriums entstanden sind. Ebenso ist bereits bekannt, daß für die geringen Phosgen-Mengen, die für die Farbindustrie erforderlich sind, Herr Stoltzenberg niemals als Lieferant aufgetreten ist. Es liegt demnach gar kein Grund mehr vor, die Wahrheit über das Hamburger Giftgas zu verschweigen. Dagegen erscheint es wissenswert, welchen Einflüssen es zu verdanken ist, daß die Hamburger Behörden die Lagerung reiner Gift-Kampf-Gase von höchster Gefährlichkeit mitten im Stadtgebiet gestattet haben. Die Hinterbliebenen der Toten von Hamburg und die vielen Tausende, die nur einem günstigen Wind verdanken, daß sie heute noch leben, haben einen Anspruch auf die volle Wahrheit.

Blutige Schlägereien in Allenstein

Allenstein, 10. Juni.

Beim Gautag des Ostpreußischen Reichsbanners Schwarz-Rot-Gold kam es am Sonn... abends zu Zusammenstößen ... des Reichsbanners und Mitgl...

Auch sie wa... ihre heiligsten ...

Von Balder Ol...

das Krankenhaus eingeliefe
Sonnabend, an dem große
Jugendlicher aus allen
Leipzig eingetroffen ware
von Zusammenstößen gege
t von Umzügen mit M
n wiederholt durchbrochen
rsonntag, dem eigentlich
ein" großer Aufmarsch
gend statt, den die Poliz

anstat einer

Berlin
chtbarer Vorfall, desse
öllig geklärt werden ka
tag vormittags gegen 8
her Straße in Schma
wohnt im ersten St
Ingenieur Hartma
Frau Margarete und d
en Irmgard. Seit ei
Frau Hartmann ner
merkbar. In einem
e am Sonntagvormit
mit einem Rasie
einen Schnitt in d
er Angst sprang die
wo sie mit tötlich
blich.
, der die Frau unter
nd sorgle für die
Das kleine Mädchen
ngen im Krankenh
eur ist durch die K
ebrochen und komm
befragt werden.

n dem sich nach ve
Personen beteilig
en ziemlich ruhig.
schwereren Exzess
bei einer Stund
an der auch ei
chauer teilnahm
vom Augustus
hindurch in den
gen. Eine Gr
en an, schlug
den Führer.
ichten dem
te sich die
die mit
wurde.
ehre entr
benutzt.
se Gebr

Der blaue Montag

Olympische Völkerversöhnung

Sport verbündet, Rotes Kreuz verbindet

Die Gustavs

Von Erich Kästner.

Im wunderschönen Monat Mai
Befuhr ein Mann mit seinem Pferde
Ein großes Stück der kleinen Erde.
Ein Redakteur war auch dabei.
Selbstverständlich.

Man fuhr von Wannsee nach Paris.
Zwei Völker winkten mit den Mützen.
Auch schien es der Idee zu nützen,
Daß unser Kutscher Gustav hieß.
Selbstverständlich.

Obwohl er nicht Französisch kann,
Hat er sich mit Paris verständigt.
Denn dort, wo das Verstehen endigt,
Fängt die Verständigung erst an:
Selbstverständlich.

Wer nach Paris will, braucht Geduld.
Raketenflug hat keinen Zweck.
Wer langsam fährt, kommt schnell vom Fleck.
Daran sind nicht die Kutscher schuld,
Selbstverständlich.

Was sollen Völker mit Genies?
Wir Völker wollen Gustavs haben,
Die langsam aber sicher traben!
Und das gilt nicht nur für Paris
Selbstverständlich.

Ausrede

Buchhalter: „Als Sie mich vor drei Monaten engagierten, sprachen Sie von einer Lebensstellung, und heute, nach kaum fünf Monaten, kündigen Sie mir wegen Abbau?"

Chef: „Kann ich dafür, daß Sie so lange le-

Falscher Verdacht

„Mendel," ruft eines Vormittags der erste Buchhalter der Firma Bergmann & Co. dem jungen Mann zu, „was ist das für eine Flegelei, sich bei der Arbeit derart zu strecken und laut zu gähnen?"

Darauf Mendel: ...

Dummheiten der Woche

In der Nummer 264 des „Berliner Tageblatt" erzählt Alfred Kerr vom Wiedersehen mit Afrika. Abschnitt XIII:

„Auf schlingerndem Autobus saß neben mir ein älterer, sauberer Araber, der mich unverwandt ansah."

Will Kerr damit sagen, alle andern Araber seien verwanzt, und nur dieser eine sei es nicht? — O Kerr, was werden die arabischen Freunde dazu sagen!?

•

Im „Hohenschönhausener Lokalblatt" vom 26. Mai steht folgendes Inserat:

Warne
hiermit jeden, der über meine Tochter Gertrud Wonneberger falsche Gerüche weiterverbreitet, da ich sonst gegen dieselben gerichtlich vorgehe.
Ww. Klara Schade.

Frau Schade hat recht; falsche Gerüche zu verbreiten, ist wirklich zu arg.

•

Die „Vossische Zeitung" vom 8. Juni schreibt über die Zusammenstöße am Friedrichshain:

„Hierbei kam es zu Rempeleien, die schließlich in einen wilden Kampf ausarteten. Die Polizisten mußten vom Gummiknüppel Gebrauch machen. Im Verlauf des Kampfes wurden wir von ihnen zu Boden getreten . . ."

Was tut die „Voß" aber auch bei solchen Zusammenstößen?

•

Aus dem Handelsregister des „Reichsanzeigers" vom 8. Juni:

„Deutsche evangelische Pfarrhaushilfe, eingetragene Genossenschaft mit beschränkter Haftpflicht in Großbothen. Gegenstand des Unternehmens ist die Einnahme und Verwaltung von Spareinlagen etc. Die Genossenschaft darf sich an anderen ...

Im „Jüdischen Gemeindeblatt" ist zu lesen:

Festgedicht ernst und heiter,
Lieder, Reden, und so weiter
Fertigt schnell, zu jeder Feier,
Wirkungsvoll und gar nicht teuer:
Angres, Uhland 588.

Das gibts noch immer?

•

Auf den Eintrittskarten der städtischen Badeanstalt Westend, Charlottenburg ist folgender Satz zu lesen:

„Für Abhandenkommen von Tascheninhalt und Garderobe keine Gewähr."

Die Sprache der Juristen mit ihren Wortbildungen wie „Abhandenkommen" ist nicht schön; in diesem Fall aber sagt der Satz ungefähr das Gegenteil dessen, was der Schreiber ausdrücken wollte: die Badeanstalt übernimmt keine Gewähr dafür, daß dort gestohlen wird. Das hat von ihr wohl noch niemand verlangt!

Tagebuch-Anekdoten

Erstes Konzert Heifetz in New York. Beispielloser Erfolg. Im überfüllten Zuschauerraum sitzt Mischa Elman, neben ihm Godowski. „Finden Sie nicht, daß es hier unerträglich heiß ist?" fragt Elman seinen Nachbarn. „Für Pianisten nicht," antwortete Godowski.

•

„Was sagen Sie zu Hamburg?" fragte man Walter Mehring.

„Es wird Zeit, daß Ullsteins ein Sonderheft herausbringen: Die praktische Berlinerin beim Gasangriff."

•

Feldzeugmeister Galgoczy, ein durch seine Unabhängigkeit und Grobheit gleich bekanntes Original der alten österreichisch-ungarischen Armee, ließ nach einem Korpsmanöver über das versammelte Offizierkorps ein vernichtendes Donnerwetter niedergehen. Er schloß mit den Worten: „Uebrigens geh' ich übermorgen auf Urlaub, bin den ganzen Schweinestall los und ihr alle könnt' mich ...
In der tiefernsten Runde ...

Ich verabsc

Im Frühjahr 1924
„Blauen Montag" mei
jede Woche ein mehr od
tes kritisches Ei abz
unddreißig Mal habe ic
reimtheiten dieser Welt
men müssen. Das ist ni
mal blieb etwas ungereim
immer gut gereimt.

Seit fünf Jahren hab
schen und kulturellen Un
Zeit mit der Sonde herum
ich glaube, daß dieses besche
zwecklos war, drängt es mi
Energien für einige größer
meln, die nicht nach acht
werden. Und um mich nich
Strophenhobelei zu zersplitt
Reimkiste vorläufig in die
diesem Grunde verlasse ich
tes Nest im „Blauen Monta

Von meinen Freunden ve
mit Bedauern. Von mein
mit nicht geringerem.

Auf späteres Wiedersehen!

Die Gewissenh

Die Gnädige ist im Bade u
zimmer ihr Mädchen mit jemand
„Was gibt es, Anna?" fragt
„Ein Herr war da, den ich nich
ihm gesagt, die gnädige Frau sei
darum nicht zu sprechen. Er wollt
aus nicht glauben. Da ließ ich
Schlüsselloch sehen, damit er sich do
Dann ist er beruhigt davongegangen

Das enge Bett

Die Gustavs

Im wunderschönen Monat Mai
Befuhr ein Mann mit seinem Pferde
Ein großes Stück der kleinen Erde.
Ein Redakteur war auch dabei.
Selbstverständlich.

Man fuhr von Wannsee nach Paris.
Zwei Völker winkten mit den Mützen.
Auch schien es der Idee zu nützen,
Dass unser Kutscher Gustav hieß.
Selbstverständlich.

Obwohl er nicht Französisch kann,
Hat er sich mit Paris verständigt.
Denn dort, wo das Verstehen endigt,
Fängt die Verständigung erst an:
Selbstverständlich.

Wer nach Paris will, braucht Geduld,
Raketenflug hat keinen Zweck.
Wer langsam fährt, kommt schnell vom Fleck.
Daran sind nicht die Kutscher schuld,
Selbstverständlich.

Was sollen Völker mit Genies?
Wir Völker wollen Gustavs haben,
Die langsam, aber sicher traben!
Und das gilt nicht nur für Paris,
Selbstverständlich.

11. Juni 1928

Der Droschkenkutscher Gustav Herrmann (1859–1938) war am 2. April 1928 in Berlin aufgebrochen und traf nach mehrwöchiger Fahrt am 4. Juni in Paris ein, wo er eine aufsehenerregende Rede über deutsch-französische Verständigung hielt. Ein anderer Gustav, auf den Kästner anspielt, ist der damals amtierende Außenminister Stresemann (1878–1929), dem aufgrund seiner Verständigungspolitik gegenüber Frankreich zusammen mit seinem Amtskollegen Aristide Briand 1926 der Friedensnobelpreis verliehen worden war.

Strafprozess auf Kugellagern

Es war einmal ein Konzern,
Der sah begreiflicherweise
Die niedrigen Lieferpreise
Der Konkurrenz nicht gern.

Verhandlungen hatten versagt.
Da wurde Riebe von Norma
(natürlich nur pro forma)
Beim Staatsanwalt verklagt.

Denn Norma dachte hierbei,
Dass Riebe nach einer Blamage
Thema: Werkspionage
Billig zu haben sei.

Doch während die zwei sich nach Kräften
Vor Gericht, in Stuttgart, bespien,
Verhandelten sie in Berlin
Von wegen Millionengeschäften.

Sie hatten schließlich auch Glück,
Vereinigten sich gütlich
Und zogen die Klage gemütlich
Am Tage des Urteils zurück.

Nun kann der Trust express
Die Kugellager verteuern!
Und von Armeleute-Steuern
Bezahlt der Staat den Prozess!

Man weiß nicht, was soll es bedeuten …
Herr Staatsanwalt, prost, zum Wohl!
Das schwedische Monopol
Lässt für Sie Glocken läuten.

Was denkt nun ein Mann wie Kahn?
Man singt bei Norma und Riebe:
»Und das hat mit ihrem Betriebe
Die deutsche Justiz getan!«

18. Juni 1928

In einem Industriespionageprozess, den der Norma-Konzern gegen die Werke Kahn und Riebe angestrengt hatte, kam es am 12. Juni 1928 zu einer Einigung, die eine Monopolbildung in der Kugellagerindustrie bedeutete.

Und lass uns wieder von dem Wetter reden …

Nun haben wir das Wetter satt!
Wann tritt denn bloß der Sommer ein?
Vorm Jahre fand er freitags statt,
und diesmal soll er mittwochs sein.

Die Welt ist grau. Der Regen fließt.
Es friert der Mensch, sosehr er kann.
Doch wenn er hustet oder niest,
fängt es noch mehr zu regnen an.

Zuweilen regnet es nicht mehr.
Dann wird die Welt von neuem nass.
Vom Himmel hoch, da kommt es her.
Kann so ein Himmel nichts als das?

Ach, er besteht aus nichts als Loch!
Das war doch vor dem Krieg nicht so.
Da stimmte der Kalender noch.
Da gab es Sonnenschein en gros.

Man lag im Sande ausgestreckt
und wurde, wenn man wurde, braun,
und die Verdauung war perfekt.
Das war ein Kaiserwetter, traun!

Nun steht man fensterwärts und gähnt.
Die Welt ist feucht von A bis Z!
Die Frau, die gegenüber lehnt,
stützt sehr viel Brust aufs Fensterbrett.

Wir blicken seitwärts, weil uns graut.
Der Wind geht kalt. Es regnet fein.
Die Jahreszeiten sind versaut.
Der Mensch ist voller Gänsehaut.
Grüß Gott, es hat nicht sollen sein!

25. Juni 1928

16 Tage, die die Welt erschütterten

Hindenburg
fragt Hermann Müller,
ob er will.
Natürlich will er!
Weil er aber
die Partein
zu viel fragt,
erklärt man: Nein!
Daraufhin
hält er die Große
Koalition
für Traumpsychose.

»Hermann Müller
heute neu!«,
ruft die Ull-
lustrierte treu.
Und so sucht,
bei diesen Zeiten!,
Müller nach
Persönlichkeiten …

Stresemann
sagt zu, doch Scholz
ist verletzt.
Es heißt, aus Stolz.
Wirth sagt zu.
Das Zentrum hetzt.
Wirth wird wieder
abgesetzt.

Endlich hat er
die Minister,
und sie tun fast
wie Geschwister –
Müller-Kabinett,
das schmeckt,
wenn man es
so hört, wie Sekt.
Das wird gehen
bis August.
Wandern ist
des Müllers Lust!

2. *Juli 1928*

Der Sozialdemokrat Hermann Müller (1876–1931) erhielt am 12. Juni von Reichspräsident Hindenburg den offiziellen Auftrag, eine Regierungskoalition »auf möglichst breiter Grundlage« zu bilden. Nach 16-tägigen Verhandlungen konnte Hindenburg schließlich die Mitglieder des sogenannten »Kabinetts der Persönlichkeiten« ernennen, dem, neben Reichskanzler Müller, u. a. Außenminister Stresemann, Innenminister Severin, Justizminister Koch-Weser, Finanzminister Hilferding, Wehrminister Groener angehörten.

Die »Ull-lustrierte« meint die *Berliner Illustrirte Zeitung* (sic!) aus dem Ullstein Verlag, die bis zum Ende der Weimarer Republik eine Auflage von rund zwei Millionen erreichte.

Märchen für Wohnungssuchende

Herr Wutzky hat etwas entdeckt.
Er nennt es »Häusersamen«.
Wohin man diesen Samen steckt,
dort wachsen Häuser. Amen!

Kein Stadtrat leidet ferner an
verdrängten Baukomplexen.
Wenn er, wie Wutzky, sonst nichts kann,
so kann er dafür hexen.

Ein Mann z. B. braucht ein Haus:
Herr Vöß nimmt seine Tüte
und streut ein Samenkörnchen aus,
gleich steht ein Haus in Blüte!

Man sät, soweit das Auge schweift.
Die Häuser wachsen schnelle.
Man pfeift auf Chapman und man pfeift
auf die Beratungsstelle.

Im Rathaus sitzt man und spielt Skat,
um produktiv zu bleiben.
Der kaltgestellte Stadtbaurat
darf Memoiren schreiben.

Die Wohnungsnot ist nun vorbei.
Das Elend hat ein Ende.
Die Deutsche Wohnungs-Sämerei
zahlt klotzig Dividende.

Das ist nicht wahr? Ach, seid bloß still!
Sprecht leise von der Schande:
Wenn Gott kein Wunder schicken will,
kommt hier kein Haus zustande!

9. Juli 1928

Der sozialdemokratische Politiker Emil Wutzky (1871–1963) war als Berliner Stadtrat für das Ernährungs- und Wohnungswesen zuständig. Kästner thematisiert tagesaktuell Bodenspekulation und Wohnungsnot.

Gruß aus den Bergen

Was macht Berlin? Wir sind bereits
seit vierzehn Tagen in der Schweiz
und leben wie die Schwalben.
Französisch kann hier jedes Kind.
Die Preise und die Berge sind
das Höchste in den Alpen.

Wir rühren keine Zeitung an.
Man weiß, wie sehr das schaden kann.
Wir essen lieber Kuchen!
Hier wird der Mensch von selber stramm.
Die Weltgeschichte kann uns am –
am Matterhorn besuchen.

In Genf, vorm Völkerbundspalast,
hat uns ein Photograph gefasst
und preiswert aufgenommen.
Das Bild jedoch – was war der Grund?
Lag das nun bloß am Völkerbund? –,
das Bild war sehr verschwommen.

In Kandersteg, nicht weit von Bern,
stieß ich auf einen blonden Herrn.
Der sprach entzückten Tones:
»Das neue Kabinett, das schwankt
Und Hindenburg hat abgedankt,
zugunsten seines Sohnes.«

Und Nobile sei (statt zur Kur)
der Malmgren-Gruppe auf der Spur …
Der Blonde wusste Sachen!
Hat er sich einen Scherz erlaubt?
Ich hab den ganzen Zimt geglaubt.
Was soll man weiter machen.

Jetzt komm ich aber rasch zum Schluss,
weil ich noch auf die Jungfrau muss.
Das kostet sechzig Franken!
Seit Dienstag früh wächst mir ein Bart.
Das ist nicht anders, wenn man spart.
Wir grüßen! Nicht zu danken …

16. Juli 1928

Abgedruckt mit veränderter vorletzter Strophe in *Lärm im Spiegel* (1929).
Der schwedische Meteorologe Finn Malmgren und der Expeditionsführer Umberto Nobile verunglückten am 25. Mai 1928 in der Nähe des Nordpols mit dem Luftschiff *Italia*. Während der verletzte Nobile am 23. Juni auf einer Eisscholle geborgen wird, hatte sich Malmgren mit einigen Begleitern auf den Weg gemacht, um über das Packeis Land zu erreichen. Malmgren starb auf ungeklärte Weise, während seine Begleiter am 11. Juli gerettet werden konnten.
Sprichwörtlich für die Machenschaften der sog. »Hindenburg-Kamarilla« war der »in der Verfassung nicht vorgesehene Sohn« des greisen Reichspräsidenten Oskar von Hindenburg (1883–1960).

Berliner Sommer-Theater
(Nach einer bekannten Melodie)

Wenn die Thermometer klettern,
Senkt die Bühne das Niveau.
Und die Rezensenten wettern,
Und das Publikum ist froh.
  Von Barnowsky bis zu Gorter,
  Und von Bendow bis zu Neft, –
  Das Theater über alles?
  Über alles das Geschäft!

Wurde das Collier gefunden?
War der Mörder Rechtsanwalt?
Ist das Testament verschwunden?
War die Leiche wirklich kalt?
  Von Max Reinhardt bis zu Robert,
  Und von Saltenburg bis Lind
  Stellt man immerwährend Fragen,
  Die nicht auszuhalten sind.

Zwei Theaterdirektoren
Sahn sich ihre Stücke an.
Dass sie den Verstand verloren.
War noch nicht das Schlimmste dran.
  Von Frau Tagger bis zu Hartung,
  Und von Jessner bis zu Holl,
  Wird man uns noch manches zeigen,
  Nur nicht, was man zeigen soll.

Warum spielt man nicht das Beste,
Warum spielt man nur den Mist?
Weil das, sagt man, für die Gäste
Aus der Fremde nötig ist.
  Wenn doch schon die Blätter fielen!
  Bei James Reinhardt und Max Klein
  Könnte – abgesehn vom Wetter –
  Pause oder Winter sein!

23. Juli 1928

Kästner bietet anlässlich der Theaterferien, die vom Boulevard dominiert wurden, einen Reigen von Namen auf – Intendanten, Regisseure, Dramatiker, Sänger, Schauspieler. Er tauscht am Ende die Vornamen des Regisseurs Max Reinhardt und des Revuetheatermachers James Klein.

Sängerbrief aus Wien

Mein Schatz! Der Anschlus Ist gelungen.
Schaff Dir ein wiener Kochbuch an.
Wie geht es sonst? Wie gehtz dem Jungen?
Wir haben ser ser schön gesungen.
Du weist es ja wie ser ich kann.

Und Würstel haben wir gegeßen!
Ein Redaktöhr hat sie gemessen.
Sie reichten hihr von Wien aus – ach,
Du ahnstes nicht, bis Bodenbach.
Das heist, sie reichten nicht! stadt dessen
hat man sie ja in Wien gefreßen.

Na ja und ehe ichs fergeß:
ich fahr von hihr zum Skatkonkres.
Nach Altenburg. Bin eingelahden.
Was kann das schaden?

Und weil mirs keine Ruhe läst,
muhs ich dannoch zum Turnerfest.
Nach Köln. Die Rießenwelle machen.
Ich weis. Jetz wirstu wider lachen.
Doch, Adelheid, das ist nicht richtig!
Gesang und Untergriff am Reck
und Grang mit vieren sind ser wichtig.

Nein, Feste siest Du müßen sein
Da ärschert sich der Parker Gilbert
wenn man sein ganzes Geld versilbert.
Fest steht und treu … Da fällt mir ein:
Schick mir die weihse Gürtelweste.
Postlagernt Köln. Und ne Krawatte.

Leb wol. Wir feiern feste Feste!
Und hab mich gern Dein treuer Gatte.

30. Juli 1928

Reichstagspräsident Paul Löbe (1875–1967) sorgte für Aufsehen, als er auf der Schlussveranstaltung des Wiener Sängerfestes, das vom 10. bis 19. Juli veranstaltet wurde, über den möglichen Anschluss Österreichs an Deutschland sprach.
Seymour Parker Gilbert (1892–1938) wurde 1924 von der alliierten Reparationskommission zum Generalagenten für die deutschen Reparationszahlungen ernannt und übte dieses Amt bis 1930 aus.
Vom 25. bis 30. Juli 1928 fand das »Deutsche Turnfest« in Köln statt.

Kleine Wochenschau

Körnig im Endlauf wieder nur Dritter.
Typhus in Wien. Jack Smith in Berlin.
Kellogg bereut seinen Vorschlag bitter.
In Lodz explodiert eine Menge Benzin.
Der Flieger Courtney treibt auf dem Meer
hin und her.

Hauptmann schreibt eben sein nächstes Stück.
Ein neuer Fahrkartenschwindel en gros.
In Bayern schon wieder ein Zugunglück.
Auf der Pressa in Köln spricht Herriot.
Eine ganze Schule in Gladbeck schwul.
Wer ist der Mörder der Pussy Uhl?
Peltzer verliert schon im Zwischenlauf
und gibt auf.

In Warschau trifft vierzig Personen der Blitz.
Amundsen lebt? Auf Franz-Josef-Land?
Wie steht's mit dem Anleihe-Altbesitz?
In der Potsdamer Straße ein Dachstuhlbrand.
Taifun in Japan. Die Ander gesund.
Frauenrekord auf der Aschenbahn.
Präsidentenwechsel im Reichslandbund.
Im Faltboot über den Ozean.
Fernsehn Methode Karolus.

Bald Schluss?
Tunney als Heidelberger Student.
Rom begeht Nobiles Ehrentag.
Tauber als Sommerdirigent.
Zugunglück in der Nähe von Prag.
Mich trifft der Schlag.

Zum Frühstück Schinken und zwanzig Tote.
Zu Mittag Schnitzel mit Revolution.
Aufschnitt und Lustmord zum Abendbrote.
Wer von den Lesern verträgt das schon?

Ich bemerke ergänzend:
Sie vertragen es glänzend!

6. August 1928

Der Leichtathlet Helmut Körnig (1905–1973) gewann bei den Olympischen Spielen 1928 in Amsterdam im 200-Meter-Lauf die Bronzemedaille (und holte überdies zweimal Silber in der Staffel); der damals populäre Bariton »Whispering« Jack Smith gastierte in Berlin.
Der englische Flieger Frank Courtney unternahm insgesamt drei erfolglose Versuche, den Nordatlantik zu überqueren, und musste am 5. August 1928 auf der Strecke von den Azoren nach Neufundland wegen eines Motorbrandes auf

dem Atlantik notlanden. Die Besatzung wurde nach 24 Stunden von einem Schiff aufgenommen.
In Gladbeck war ein grausamer Sexualmord am Abiturienten Helmut Daube verübt worden.
Die Edelprostituierte Pussy Uhl, auch bekannt als Elisabeth Gräfin Fischler von Treuberg, war in einem Eifersuchtsdrama bereits einige Wochen zuvor vom früheren Flieger Edgar Beese schwer verletzt worden; Beese, aus der Untersuchungshaft entlassen, drang allerdings erst am 7. September 1928 in ihre Schöneberger Wohnung ein, erschoss sie und anschließend sich selbst, wie Berliner Zeitungen berichteten.
Weiterhin erwähnt Kästner den verschollenen Polarforscher Roald Amundsen (1872–1928), den Rücktritt des Boxers Gene Tunney (1897–1978), die Schauspielerin Charlotte Ander, das Gastspiel des österreichischen Tenors Richard Tauber (1891–1948) als Dirigent am Berliner Lessing-Theater, den Fernsehtechnikpionier August Karolus.

Olympia

In Amsterdam, der schönen Stadt,
Werden seit mehreren Wochen
Mit der Faust und dem Fuß und dem Schulterblatt
Dauernd Rekorde gebrochen.

Man rennt sich dort die Beine krumm
Und denkt an die alten Griechen.
Man rennt fortwährend im Kreis herum
Und kann einander nicht riechen.

Man spurtet, sprintet, crawlt und clincht
Und erstrampelt sich Plätze und Siege.
Doch es kommt nicht immer so, wie man wünscht.
Flieg, kleiner Körnig, fliege!

Es gilt die Ehre der Nation!
Sause, Krause, sause!
Doch die Deutschen, samt dem Teutonen Kohn,
Die konnten es nur zu Hause.

Die meisten fühlen sich nicht gesund
Und leiden an mancherlei Krämpfen.
Mit mancherlei Krämpfen im Hintergrund
Kann man natürlich nicht kämpfen.

Die kleine Mayern aus Frankfurt am Main
Florettet die missliche Lage.
Die Radtke rennt schnell. Und die Schrader
schwimmt fein.
Das sind zermürbende Tage!

Mein Stammcafé ist besonders erregt:
Der Boy boxt in Amsterdam,
Und wir ziehn, sooft den ein Gegner schlägt,
Dem Wirt die Hosen stramm.

Wir kommen nicht raus aus der Gänsehaut.
Gut geschwommen ist halb verdaut.
Wer gelangt in die Vorschlussrunde?
Wer hat's geschafft? Und wer hat's versaut?
Die Zeitungen schlagen einander schmock out.
Es lebe die Zehntelsekunde!

13. August 1928

In Harburg da ist es gewesen …

Als Kind hab ich immer geglaubt:
*Ham*burg an der Elbe
und *Har*burg sei ein und dasselbe.
Kindern ist so was erlaubt …

Doch jetzt hat es in *Har*burg gebrannt.
Der Brand hat vieles vernichtet.
Die Zeitung hat vieles berichtet.
Seitdem ist *Har*burg bekannt.

In *Ham*burg hat man geglaubt,
dass Hilfe nötig wär.
Doch die *Har*burger Feuerwehr,
die hat das nicht erlaubt.

Die *Har*burger kamen in Trab
und sperrten die Brandstätte ab.
Sie ließen keinen ran
und murmelten dann und wann:

»Ihr tut mit eurer Feuerwehr,
als ob das Feuer euer wär!
Doch das ist ein *Har*burger Feuer,
Und deshalb ist es nicht euer!«

Die *Har*burger Hauptfeuerwache
wird an die Spritzen schreiben:
»Deutsch sein, heißt eine Sache
um ihrer selbst willen treiben!«

Und des Einheitsstaates wegen
habt keine Hoffnung mehr!
Die *Har*burger Feuerwehr
ist, wie wir sehen, viel zu sehr dagegen.

20. August 1928

Der Großbrand in Harburg ereignete sich am 13. August 1928.
Kästner zitiert Richard Wagner, der in seinem 1867 veröffentlichten Aufsatz *Deutsche Kunst und deutsche Politik* schrieb: »Hier kam es zum Bewusstsein und erhielt seinen bestimmten Ausdruck, was deutsch sei, nämlich: die Sache, die man treibt, um ihrer selbst und der Freude an ihr willen treiben.«

Politik vom Bett aus

Sonntags früh, im Bett, liest man die Blätter,
bis man sie dann wieder von sich stößt.
Gähnend mustert man das neue Wetter,
macht die Augendeckel zu und döst.

Kurz entschlossen schläft man noch ein wenig,
und im Traum erinnert man sich: Heute
krönt man einen jungen Mann zum König …
Also, Sorgen haben diese Leute!

Achmed Zogu – Skanderbeg der Dritte …
Mussolini … der Tiranapakt …
Belgrad sträubt sich … Diplomatenschritte …
Welten wackeln, und man schnarcht im Takt.

Krönungsrummel ist etwas für Schneider.
Später schießen böse Menschen scharf.
Ehrgeiz, Morde, Schacher und so weiter.
Glücklich ist, wer trotzdem schlafen darf.

Hugo Stinnes soll ins Kittchen kommen.
Schweden will das Streichholz kürzer machen.
Irgendwo ist Weltrekord geschwommen –
und man hört sich in die Kissen lachen.

Komisch, wie die Leute sich erregen
wegen Dingen, die nicht nötig sind!
Wegen lauter solcher Skanderbegen.
Wenn man schläft, ist man so gut wie blind.

Nachher wird man aufstehn und hübsch baden,
sich rasieren und zwei Eier essen.
Anneliese hat die schönsten Waden.
Skanderbeg kann denen niemals schaden.
Und zu Mittag hat man ihn vergessen …

27. August 1928

Hugo Stinnes jun. wurde schließlich am 30. August 1928 wegen des Verdachts verhaftet, betrügerische Geschäfte mit Kriegsanleihen unternommen zu haben.
Der bisherige albanische Staats- und Ministerpräsident Achmed Zogu lässt sich am 1. September zum König von Albanien proklamieren – als Skanderbeg III.

Klagen eines Oberlehrers

Frau! Komm herbei! Ich muss dir etwas sagen.
Mach hurtig, Jenny! Weshalb zögerst du?
Beim Styx! Ich kann das Warten nicht vertragen.
Nimm Platz! Asseyez vous!

»Frau Doktor« nennen dich die Nachbarsfraun.
Mein Titel ehrt. Sie ehren dich durch ihn.
Doch wisse: Budapest hat einem Clown
den Doktorgrad verliehn.

Hat man deshalb Descartes und Kant getrieben
und deshalb in Examensangst geschlottert?
Hat man vielleicht deshalb das Buch geschrieben:
»Hat Heinrich Kleist gestottert?«

Man hat in toten Sprachen konjugiert.
Man musste das Examen zweimal machen …
Nun wird ein dummer August promoviert!
Eheu, es ist zum Lachen.

Zu eines Johann Wolfgang Goethe Tagen,
da hätte es dergleichen nicht gegeben.
Und was wird Rektor Hartleib dazu sagen?
Wird er das überleben?

Aus Feldmarschällen machte man Doctores.
Wohlan, sie hatten sich für uns geschlagen!
Doch Dr. Grock? O tempora, o mores!,
wie wir Lateiner sagen.

Er hat den Ruhm, der Grock. Er hat die Mittel.
Doch uns, o Weib, ging alles in die Brüche.
Wir haben nichts. Wir hatten einen Titel …
Geh wieder in die Küche!

3. September 1928

Dem Akrobaten, Clown und Komponisten Charles Adrien Wettach (1880–1959), bekannt unter dem Künstlernamen »Grock«, verlieh die Budapester Universität die Ehrendoktorwürde.

Der Tonfilm

Gott sei gelobt! Nun haben wir
den Tonfilm und das Farbklavier
und das plastische Ölgemälde.
Der Film hat Töne, kommt zu Wort
und sagt: Ich schreite fort und fort
und finde, was mir fehlte.

Die Leinwand öffnet ihren Mund,
und endlich hört man jeden
photographierten Herrn und Hund
in seiner Mundart reden.

Im Film »Das Blut schreit dann und wann«
(mit Fairbanks, Veidt und der Rio)
entsteht ein reizendes Trio,
weil keiner die Sprache des andern kann.
Der Doug spricht amerikanisch.
Der Conny Veidt gibt deutschen Laut.
Die Rio stöhnt auf spanisch.
Das Publikum hat Gänsehaut.

Man spricht mit geschlossenem Schnabel.
Man schweigt und öffnet ihn weit.
Die Turmbau-Affäre zu Babel
war seinerzeit
dagegen eine Kleinigkeit.
Man sitzt dabei und denkt: Na Gott
sei Dank, ich bin kein Polyglott!

Der Film kann lachen und kosen
und mit der Zunge anstoßen.
Der Film kann englisch und bellen,
kann husten, chinesisch und schrein
und schießen und Fragen stellen
und mit brechender Stimme verzeihn.

Was ist nun, besten Falles,
der Sinn dieses Tonfilmberichts?
Der Sinn ist: Der Tonfilm kann alles –
aber weiter kann er auch nichts!

10. September 1928

Die Debatte um den Tonfilm erregte damals die Gemüter, denn man sprach dem Naturalismus der Darstellung das eigentlich Künstlerische ab. Kästner beschäftigt sich auch in seinen Feuilletons verschiedentlich – und eher kritisch – mit der Ästhetik und den neuen technischen Möglichkeiten des Tonfilms.

Holz- und Polsterklassenstaat

Von Oktober ab kann jeder stolz
(und dabei zu annehmbaren Preisen)
auf der Reichsbahn 2. Klasse reisen.
Freilich, Freunde, wieder nur auf Holz!

Immerhin, die »II« steht an den Türen:
So was hebt das Selbstgefühl enorm.
Nicht am Podex, doch in andrer Form
wird man die Veränderung schon spüren.

Denn ein Volk, das 2. Klasse fährt,
fühlt sich sehr zufrieden und geehrt.
Und das Ganze ist wohl nur ein Trick
der sozialen Innenpolitik …

Ferner flucht das Volk nicht mehr so scharf,
wenn ein neues Zugunglück geschieht.
Weil man es, im Grund, nicht ungern sieht,
wenn man Zweiter Klasse sterben darf.

Ach, wir fühlen uns wie jene Kreise,
die wir früher Zweiter fahren sahn!
Was die Reichsbahn tut, ist wohlgetan.
Sie befördert uns auf jede Weise.

Selbstverständlich ist der Spaß nicht billig.
Und man muss das Eintrittsgeld erhöhen.
Bitte sehr! Es wäre sonst zu schön!
Bitte sehr! Der Deutsche ist ja willig.

Teures Volk, die Lage ist geklärt!
Du bestehst von nun an aus zwei Klassen.
Aus der einen, die gepolstert fährt,
und, zum andern, aus den Massen,
die sich weiterhin verholzen lassen.
Vermutlich, weil sie das vollkommen in der
Ordnung finden.

17. September 1928

Der künstliche Mensch

In London wird ein Mann gezeigt,
der Reden hält und sich verneigt –
und ist doch innen völlig hohl,
jawohl!

Man wende mir nicht etwa ein,
dergleichen gäb es überall!
Der Kerl ist ein besondrer Fall.
So hohl wie der kann niemand sein.
Nein.

Er ist der hohlste Mann der Welt.
Er wurde künstlich hergestellt.
Aus Schrauben, sehr viel Blech und Draht.
Mit einem Wort und in der Tat:
ein Automat.

Er redet gut. Man lenkt ihn fern.
Er hebt Gewichte, hat Verstand.
Ja, ja, der Fortschritt, meine Herrn!
Die Folgen liegen auf der Hand.

In zwanzig Jahren ungefähr
stellt jedes Volk sein Militär
auf maschinellem Wege her.
Heißt es dann Kehrt! und Marsch! und Schwenkt!,
genügt ein Angestellter, der
das ganze Blech, d. h. das Heer
elektrisch oder ähnlich lenkt.

Und gibt es Krieg, so macht das Spaß!
Denn Bomben und Granaten
und Minenwerfer, Tanks und Gas
vernichten Automaten.
Na ja, was kann das schaden.

Auch eignen sich die Blechgestalten
vorzüglich für die höchsten Posten.
Weil sie sich erstens länger halten,
wenn man sie putzt, dass sie nicht rosten.
Und weil sie zweitens wenig kosten …

Ich würde sonst was dafür geben,
das Blechzeitalter zu erleben!

24. September 1928

1928 baute der britische Erfinder Captain W. H. Richards den ersten Maschinenmenschen aus Aluminium, »Robot Eric«. Mithilfe von zwei Motoren ließ sich der Roboter, der wie ein mittelalterlicher Ritter aussah, in seinen Bewegungen steuern.
Dieses Gedicht ist nicht zu verwechseln mit *Der synthetische Mensch* aus Kästners Gedichtsammlung *Gesang zwischen den Stühlen.*

Kämpfe zu Hause

Es gibt Leute, die schaun jeden
Morgen lüstern in ihr Blatt,
ob denn England oder Frankreich
noch nicht abgerüstet hat!
Doch da steht nur von Debatten,
die die Völker wieder hatten.
Und von heimlichen Verträgen,
von der Wacht gen West und Osten,
von Manövern und weswegen
große Heere so viel kosten.
Es gibt Leute, die bemerken
jeden Tag entzückt im Blatt,
dass man auf den Konferenzen
wieder mal geredet hat.
Jedes Volk zeigt guten Willen.
Nur die anderen Völker nicht.
Jedes rüstet drum im Stillen,
während es vom Frieden spricht
(unterschreibt hingegen willig
jeden Pakt, Papier ist billig).
Es gibt eine Sorte Leute,
die sich unablässig wundert,
und sie wartet, halb im Schlafe,
auf das goldene Jahrhundert.

Es gibt Leute, die zum Frühstück
Genf und Kellogg und dergleichen
butterweich aufs Brötchen streichen.
Brave Leute,
brave Völker,
die im Leben nichts erreichen …
Fühlt Ihr nicht, was Ihr auch last:
Morgen wird ja doch gegast?
Fühlt Ihr, was sie auch beschließen,
nicht: Bald wird es wieder schießen?
Völker! Völker! Völkerfrieden
werden diese nicht mehr schmieden!
Friedenskämpfer wird nur der sein,
der im eignen teuren Lande
auf die eigne Rasselbande
feste drischt.
Grad zu Hause nicht zu fair sein.
Denn mit Fairheit geht es nicht!

1. Oktober 1928

Wenige Wochen zuvor war am 27. August 1928 der Briand-Kellogg-Pakt von elf Staaten unterzeichnet worden, die sich zur Ächtung des Krieges als Mittel der Politik verpflichteten. Über fünfzig weitere Staaten traten in den kommenden Jahren bei.

Ein paar neue Weltrekorde

Dem 6-Tage-Redner gewidmet

War früher irgendjemand mehr
als hundertfünfzig Kilo schwer,
empfanden unsre Eltern schon
den Kerl als tolle Sensation.

Man schlug um ihn herum ein Zelt
und zeigte ihn der ganzen Welt.
Es ändert sich der Zeiten Lauf:
Man regt sich heute schwerer auf.

Ich kenne einen, der hält den
Rekord im Aus-dem-Fenster-Sehn.
Die Menge steht vor seinem Haus.
Man füttert ihn mit rohem Ei.
Der Junge guckt seit Anfang Mai
andauernd aus dem Fenster raus!

Ich kenn auch den, der sich seit glatt
fünf Jahren nicht gewaschen hat!
Die Frauen rennen diesem Schwein
zu Hunderten die Bude ein.
Die Ufa hat ihn engagiert,
weil ihn Europa sonst verliert.

Erst sah ich seine dunkle Haut.
Und dann das Bild von seiner Braut.
Ihr Vater ist ein Millionär
und bat ihn telegraphisch sehr,
dass er die Tochter nehmen solle.
Weil sie sich sonst vergiften wolle.

Dann kenn ich den, der Tag und Nacht
seit 1918 lacht.
Er sagte mir, bei sich zu Hause,
in einer kleinen Atempause:
»Wenn ich mal nicht mehr lachen kann,
seh ich mir bloß die Menschen an.
Da kann ich gar nichts machen.
Ich seh sie – und muss lachen!«

8. Oktober 1928

Aufgenommen in *Lärm im Spiegel.*

Herbstliche Gefühle

»Es wird Herbst«, behauptet der Barbier
und rasiert dich dienstbeflissen.
»Es wird Herbst«, erklärt er dir,
und Barbiere müssen es ja wissen.

Aus dem Spiegel schaut dein Kopf heraus,
schön bekränzt vom Seifenschaum,
und dahinter siehst du einen Baum,
Und euch beiden gehn die Haare aus.

Der Barbier erzählt dir mancherlei,
und für alles weiß er Rat.
Und du fragst ihn nach dem Konkordat.
Ob es kommt. Und was es sei.

»Wenn Sie Preuße wären – Sie begreifen –
und ich Papst, anstatt Barbier«,
sagt er, »und ich stünde trotzdem hier,
um Sie gründlich einzuseifen ...
Wenn ich Ihnen das Gesicht zerschnitte,
und Sie zahlten hundert Mark dafür ...
Oberlippe etwas straffer, bitte ...
wäre das so eine Art
Konkordat ... Verschneiden wir den Bart?«

Schließlich spricht er noch vom Luftschiff-Fluge,
und vor stolzer Rührung weint er fast.
Und dann fragt er dich, der Neunmalkluge,
ob du sonst noch Wünsche hast.

Deine Wünsche kann kein Mensch erfüllen,
nicht einmal so ein Friseur wie er.
Deshalb wirst du sie ihm nicht enthüllen
und sagst nichts als »Danke sehr!«.

Und er meint, es könnte gar nicht schaden,
wenn du dir die Haare etwas färbst.
Und dann trittst du fröstelnd aus dem Laden:
Es wird Herbst …

15. Oktober 1928

Vom 11. bis zum 15. Oktober überquerte die *Graf Zeppelin* als erstes Luftschiff den Atlantik. Die Fahrt vom Bodensee bis nach New York dauerte 112 Stunden.

Kleine Predigt

Jeden Sonntag hat man Kummer
und beträchtlichen Verdruss,
weil man an die Montagsnummer
seiner Zeitung denken muss.

Denn am Sonntag sind bestimmt
zwanzig Morde los gewesen!
Wer sich Zeit zum Lesen nimmt,
muss das montags alles lesen.

Eifersucht und Niedertracht
schweigen fast die ganze Woche.
Aber Sonntag früh bis nacht
machen sie direkt Epoche.

Sonst hat niemand Zeit dazu,
sich mit so was zu befassen.
Aber sonntags hat man Ruh,
und man kann sich gehen lassen.

Endlich hat man einmal Zeit,
geht spazieren, steht herum,
sucht mit seiner Gattin Streit
und bringt sie und alle um.

Gibt es wirklich nichts Gescheitres,
als sich, gleich gemeinen Mördern,
mit den Seinen ohne weitres
in das Garnichts zu befördern?

Ach, die meisten Menschen sind
nicht geeignet, nichts zu machen!
Langeweile macht sie blind.
Dann passieren solche Sachen …

Lebten sie im Paradiese,
ohne Pflicht und Ziel und Not,
wär die erste Folge diese:
Alle schlügen alle tot.

22. Oktober 1928

Aufgenommen unter dem Titel *Kleine Sonntagspredigt* in *Lärm im Spiegel.*

Kyritz-Pyritz

Nun dachte man schon: Reserve hat Ruh,
und die Leutnants, die wären erledigt –
da haben die Herren von und zu
den Kyritzer Feldzug gepredigt.

Es kam, wie es sollte. Die Predigt verfing
bei mehr als fünftausend Bauern.
Die Zahl der Ochsen sei zu gering …
die Ernte … die Zölle … Hilferding …
und das könne nicht länger so dauern!

Das müsse – äh! – anders werden!
Drum zog man nach Kyritz in langen Reihn
und schmiss, statt aller Beschwerden,
den dortigen Steuerbehörden
die Fensterscheiben ein.

Es wurde monokelmäßig geflucht.
Und gedroht mit dem eisernen Besen.
Doch jetzt wird die Sache genau untersucht,
und da ist es kein Aas gewesen!

Erst hatten die ritterbegüterten Herrn
verdammich! die große Klappe.
Jetzt stehn sie der Sache völlig fern
und haben Muskeln aus Pappe.

Wir wollen uns, bitte, deswegen
nicht eine Sekunde erregen.
Denn das ist wirklich nichts Neues, ach wo!
Die »Nobiles« machen das immer schon so!

29. Oktober 1928

Mitglieder des konservativen Reichslandbundes, der viele Rittergutsbesitzer in seinen Reihen zählte, stürmten am 12. März 1928 das Kyritzer Finanzamt, aus Protest gegen vermeintlich überhöhte Steuern. Die Presse berichtete über den Prozess im Oktober.
Kästners Titel spielt vermutlich an auf *Kyritz-Pyritz. Die lustigen Weiber von Kyritz, eine Posse mit Gesang in drei Aufzügen*, ein damals immer noch populäres Lustspiel der Autoren Heinrich Wilken (1835–1886) und Oscar Justinus Cohn (1839–1893).
Rudolf Hilferding (1877–1941) war SPD-Politiker und amtierte 1928/29 als Reichsfinanzminister.

Choral für Ruhrbarone

Der Gott, der Eisen wachsen ließ,
schuf auch die Überstunden,
die Aktien und die Syndicis.
Wir sind *Ihm* verbunden.

Ja, Gottes Güte reicht so weit
wie Kabel und Kanonen!
Er ist meist mit der Minderheit,
und nicht mit den Millionen.
Das möchten wir betonen.

250.000 Mann
sind gegen uns im Bunde.
Wer an der Ruhr nicht leben kann,
der geht an ihr zugrunde.

Wir sind – mit Gott – die Herrn im Haus
und wissen, was wir sollen.
Wir sperren ein. Und sperren aus.
Und machen, was wir wollen.

Wir fürchten nichts auf dieser Welt.
Not lehrt die andern beten.
Ein feste Burg ist unser Geld.
Und von der Maas bis an den Belt
hilft da kein Volksvertreten.

Wir sind der Adel, der regiert,
und bleiben das auch künftig.
Und wer sich, wenn er satt ist, ziert,
den hungern wir vernünftig.

Mit uns, da macht man keinen Staat!
Wir kennen nur noch Klassen.
Minister schreiben nach Diktat.
Sonst muss man sie entlassen.

Ach, wer noch nie Direktor hieß,
der braucht auch keine Rechte.
Der Gott, der Eisen wachsen ließ,
der wollte weiter nichts als dies:
Knechte!

12. November 1928

Im Rahmen des Ruhreisenstreits kam es ab 1. November zu Massenaussperrungen, von denen rund 230 000 Arbeiter betroffen waren. Mit dem provokativen Schritt der Massenkündigung versuchten die Arbeitgeber, das System der politischen Löhne, die als Tarifeinigungen mit den Gewerkschaften zustande kamen, aus den Angeln zu heben.

Totensonntag

Wie oft man in der Zeitung liest,
dass der und der – weil er Geld unterschlug,
zur Flucht zu wenig, fürs Zuchthaus genug –
sich am Grabe der Mutter erschießt.

Die Selbstmörder sitzen am Elterngrab,
auf der kleinen, grünen Bank,
verstehen nicht mehr, wie sich alles begab,
und fühlen sich alt und krank.

Sie sagten, ehe sie gingen, zu Haus
(als jemand fragte, warum),
sie brächten nur rasch ein paar Blumen hinaus,
und nicht: sie brächten sich um.

Die Selbstmörder halten ein Asternbukett
und lesen den Text auf dem Stein:
»Hier ruht unsre gute Mutter, Frau Z.«,
und denken, sie wird es verzeihn.

Am anderen Ende der Ahornallee
ist ein Begräbnis im Gang.
Sie sehen Zylinder und fremdes Weh
und hören Männergesang.

Das Wetter ist mäßig. Der Himmel ist grau.
Sie haben vom Leben genug.
Sie beichten alles der toten Frau,
und das ist ein schöner Zug.

Sie haben Pistolen zu sich gesteckt,
weil sehr viele Schande droht.
Und ehe man noch ihre Schuld entdeckt,
schießen sie sich tot …

Wie oft man in der Zeitung liest,
dass der und der – weil er Geld unterschlug
und seine Angst nicht mehr ertrug –
sich am Grabe der Mutter erschießt!

26. November 1928

Aufgenommen mit einer zusätzlichen Strophe unter dem Titel *Selbstmörder halten Asternbuketts* in *Lärm im Spiegel.*

Das Lied des toten Matrosen

Ich bin der tote Matrose.
Meine Name ist Wothke. Ahoi!
Meine Leiche ist eine bloße
Erfindung der Polizei.

In Hamburg, da ist es gewesen.
Da ward ich für tot erklärt.
Ich hab es später gelesen
und mich zu spät beschwert.

Seit fünfzehn Jahren geht das!
Ich hab meine liebe Not.
Die deutsche Justiz versteht das!
Die hält man ja auch für tot!

Ich bin eine amtliche Leiche
und trotzdem kerngesund.
Doch in dem Deutschen Reiche
ist das kein Gegengrund.

Man will mich nicht erneuern
und lässt die Sache ruhn.
Dabei bezahle ich Steuern,
was Leichen sonst nicht tun.

Ich bleibe der tote Matrose
trotz prächtigen Appetits.
Mein Tod ist eine famose
Behauptung der deutschen Justiz.

Ich zähle zu den Toten.
Auch dass ich atme, wird
mir nächstens amtlich verboten,
damit sich der Staat nicht irrt.

Doch ich huste der ganzen Bagage
auf meinen Totenschein.
Und hoffe zu ihrer Blamage:
Er wird unsterblich sein!

3. Dezember 1928

Manöver im Parkett

Wenn dir ein Theaterstück nicht passt,
weil du auf der Stulle Wurst statt Braten
oder einen schlechten Sitzplatz hast –
wirf Granaten!

Wenn dir ein Theaterstück missfällt,
weil die funkelnagelneuen Plomben
wackeln oder weil der Nachbar bellt …
wirf mit Bomben!

Gibt man gar ein Stück mit sieben Leichen,
wo du doch viel lieber lachen würd'st –
lasse ein paar Tränengase streichen!
Weil dies Trauerspiele und dergleichen
wirksam kürzt.

Darf man denn nur auf der Bühne schießen?
Soll man denn nur auf der Bühne schrein?
Im Parkett und Rang hat Blut zu fließen!
Das muss sein!

Früher wagte man es kaum zu weinen.
Und man war empört, wenn einer pfiff.
Heute macht man einfach einen kleinen
Sturmangriff!

Deutschlands Jugend braucht Gelegenheiten,
sonst krepiert sie altersschwach im Bett.
Lasst sie Bomben werfen und sich streiten
im Parkett!!

Nächstens gibt es wieder einen Krieg.
Das ist schön – hurra! – und gar nicht schade.
Probt ihn im Theater, mit Musik!
Fliege, kleine Tränengasgranate,
bitte, flieg!

10. Dezember 1928

Während der Aufführung von Ferdinand Bruckners *Die Verbrecher* am 1. Dezember 1928 im Hamburger Schauspielhaus kommt es zu rechtsradikalen Tumulten. Bruckner (eigentlich Theodor Tagger) kritisiert in seinem Stück Klassenjustiz und Todesstrafe. Er wurde 1933 von den Nationalsozialisten verboten und emigrierte. Der Theaterkritiker Kästner zeigte sich vom Dramatiker Bruckner mehrfach begeistert, lobte dessen *Krankheit der Jugend* als »das größte theatralische Ereignis der Berliner Saison« 1927/28 und war beeindruckt »von der Wucht des Stückes, von der aufwühlenden Sinnlichkeit der Szenen und von der erschütternden Hoffnungslosigkeit«.

Brief aus Bayern

Ich muss Euch schon wieder mal schreiben …
Wir Bayern sind ein Völkerstamm,
der bei sich denkt: Ihr könnt uns am
Entschluss, für uns zu bleiben,
nicht hindern, wenn Ihr auch zerspringt
und »Deutschland über alles« singt.
Im Kampf um die Belange
ist uns vor Euch nicht bange!

Wir haben beachtliche Berge.
Wir haben Radi, Bier und Bauch
und einen Rupprecht haben wir auch
und dann noch die Walchenseewerke.
Wir haben Loden anzuziehn
und einen Gesandten in Berlin.
Was brauchen wir den Einheitsstaat?
Wir bleiben viel lieber separat.

Wir haben eigne Minister en gros.
Der längste von ihnen heißt Held.
Wir haben ein Parlament, holdrioh,
und haben für alles kein Geld.
Doch das ist gänzlich belanglos.
Denn hierfür haben wir ja das Reich!
Es zahlt uns, was wir wollen, sogleich
und außerdem sang- und klanglos.

Wir denken nicht dran, uns zu ändern.
Uns fehlt doch nichts! Nicht mal der Verstand!
Wir haben immer ein eigenes Land
auf Kosten von anderen Ländern.
Das grade beweist unsere deutsche Natur!
Wir sind so und werden so bleiben!
Deutsch sein heißt, eine Sache nur
um seiner selbst willen treiben.

17. Dezember 1928

Heinrich Held (1868–1938) gehörte der Bayerischen Volkspartei an und war von 1924 bis 1933 bayerischer Ministerpräsident.
Kästner nimmt das Beharren auf bayerische Eigenständigkeit aufs Korn und verwendet in den letzten Versen abermals das Wagner-Zitat (siehe schon *In Harburg da ist es gewesen* ...), das für ihn anscheinend von Preußen bis Bayern seinen satirischen Sinn behält.

Weihnachts-Hymne

Zweitausend Jahre sind es fast,
seit Du die Welt verlassen hast,
Du Opferlamm des Lebens!
Du gabst den Armen einen Gott.
Du littest durch die Reichen Spott
und tatest es vergebens.

Du sahst Gewalt und Polizei.
Du wolltest alle Menschen frei
und Frieden auf der Erde.
Du wusstest, wie das Elend tut,
und wolltest alle Menschen gut,
damit es schöner werde.

Du warst ein Revolutionär
und machtest Dir das Leben schwer
mit Schiebern und Gelehrten.
Du hast die Freiheit stets beschützt
und doch den Menschen nichts genützt.
Du kamst an die Verkehrten!

Du kämpftest tapfer gegen sie
und gegen Staat und Industrie
und die gesamte Meute.
Bis man an Dir, weil nichts verfing,
Justizmord, kurzerhand, beging.
Es war genau wie heute …

Die Menschen wurden nicht gescheit.
Am wenigsten die Christenheit,
trotz allem Händefalten.
Du hattest sie vergeblich lieb.
Du starbst umsonst. Und alles blieb
beim Alten.

24. Dezember 1928

Unter dem Titel *Dem Revolutionär Jesus zum Geburtstag* aufgenommen in *Ein Mann gibt Auskunft.*

Glückwünsche

Alle Jahre wieder
kommt ein neues Jahr.
Wird es noch stupider,
als das alte war?

Wollen wir noch hoffen,
anlässlich des Fests?
Seien wir doch offen:
Besser ist, man lässt's.

Alle Jahre wieder
schreit man Prost Neujahr!,
singt beliebte Lieder
und besucht die Bar.

Oder trinkt im Schoße
der Familie Punsch.
Und dann steigt der große
(wenn auch hoffnungslose)
neue Neujahrswunsch.

Hei, die Glocken läuten
wild von Turm zu Turm!
Doch der fromme Sturm
hat nichts zu bedeuten.

Alle Jahre wieder,
pünktlich nachts 12 Uhr,
sind wir alle Brüder!
Länger? Keine Spur.

Schon am nächsten Morgen
ist es, wie es war.
Stets die alten Sorgen.
Neu ist nur das Jahr!

Nehmt das Glas und stoßt
euern Trübsinn nieder!
Mut ist auch ein Trost.
Alle Jahre wieder –
Prost!

31. Dezember 1928

Nur für Herrschaften!

Das Leben ist sozusagen ein Haus.
Wir gehen als Babys und später als Leichen
samt und sonders hinein und hinaus.
Die Türen sind für uns alle die gleichen.

In der Zwischenzeit wechseln sie freilich die Namen.
Wir respektieren dergleichen gern.
Manche der Türen sind nur »Für Damen«.
Andre wieder sind nur »Für Herrn«.

Die Menschen sagen es, wie sie es meinen.
Die Türen beichten es manches Mal.
»Nur für Herrschaften« steht an der einen.
Die andern sind »Für das Dienstpersonal«.

Vorne rauf rauschen die seidenen Schleppen.
Hinten rauf klettern Köchin und Magd.
Deutschland hat Vorder- und Hintertreppen.
Gott (oder irgendwem sonst) sei's geklagt!

Will denn keiner die Schilder zerschmeißen?
Warum tat man es denn nicht schon?
Manches vergaß man abzureißen
in der glorreichen Revolution.

Der Blitz fuhr nur in die oberste Spitze.
Deutschland sieht sonst wie früher aus:
Ein hochherrschaftliches Hinterhaus
voller Vordertreppenwitze …

Eine Herrschaft verklagte ihre Stütze,
weil diese so ungezogen sei
und die Herrschaftstreppe benütze.
Leider sprach man das Mädchen frei!

Die Vordertreppen sind übel gelaunt
und knarren ihr reaktionäres Lied.
Die Hintertreppen denken erstaunt:
Was tun wir nun ohne den Unterschied?

7. Januar 1929

Wie lese ich den Handelsteil?

Ich lese häufig die Handelsteile,
(von Unterbilanz, Konkurs und Konzern)
verstehe davon nicht eine Zeile –
doch grade deswegen les ich sie gern!

Es ist, als machte ich eine Reise
in einen verzauberten Kontinent.
Aktien gibt's gleich paketeweise,
und jeder will 51 Prozent.

Kredit ist Geld, das keiner besitzt,
und trotzdem kann man damit verdienen.
Mir hat Geldmangel nie genützt.
(Auf eine Sekunde: Wie ist das bei Ihnen?)

Diskont, das ist erst etwas Verdrehtes!
Damit beschäftigt sich Hjalmar Schacht.
Wenn er ihn senkt, dann heißt's: Er versteht es.
Wenn er ihn hebt, wird er runtergemacht.

Was Konjunktur ist, zeigt man in Spiegeln.
Fabriken geben oft Junge aus …
Mir sind das Dörfer mit sieben Siegeln.
Ich find mich nicht rein und noch weniger raus.

Und trotzdem komm ich von dieser Lektüre –
da kann man gar nichts machen – nicht los.
Ich habe kein Geld, und ich amüsiere,
ob Hausse oder Baisse ist, mich immer gleich groß.

So vieles klingt so ungewöhnlich:
Der Geldmarkt schwimme im Überfluss!
Grade jetzt? Wo ich persönlich
Geld wie noch nie entbehren muss?

Es gibt viel Geld? Und keiner mag es?
Und das beweise, wie eine Uhr,
den Niedergang der Konjunktur?
Ach, ich und Menschen meines Schlages
verstehn das nicht! Sie lesen's nur.

14. Januar 1929

Hjalmar Schacht (1877–1970) war von 1923 bis 1930 sowie von 1933 bis 1939 Reichsbankpräsident und von 1934 bis 1937 Reichswirtschaftsminister.

Lessing

Das, was er schrieb, war manchmal Dichtung,
doch, um zu dichten, schrieb er nie.
Es gab kein Ziel. Er fand die Richtung.
Er war ein Mann und kein Genie.

Er lebte in der Zeit der Zöpfe,
und er trug selber seinen Zopf.
Doch kamen seitdem viele Köpfe
und niemals wieder so ein Kopf.

Er war ein Mann wie keiner wieder,
obwohl er keinen Säbel schwang.
Er schlug den Feind mit Worten nieder,
und keinen gab's, den er nicht zwang.

Er lachte über die Beschränkten:
Da wackelte ihr Horizont!
Er war der Sprecher der Bedrängten,
und er erschrak vor keiner Front.

Er stand allein und kämpfte ehrlich
und schlug der Zeit die Fenster ein.
Nichts auf der Welt macht so gefährlich,
als tapfer und allein zu sein!

Er rang sein Leben lang um Klarheit.
Das war sein einziges Programm.
Er respektierte nur die Wahrheit
und stand vor Kreuz und Thron nicht stramm.

Jetzt legen sie sich fast der Quere
und weinen sich die Äuglein rot.
Doch wenn er noch am Leben wäre,
dann schlügen sie ihn heimlich tot.

Hört ihr sie seinen Namen hauchen?
Es beißt nicht mehr, ihr Ideal!
Wir könnten ihn so nötig brauchen.
Es gab ihn aber nur ein Mal.

21. Januar 1929

Dieses Gedicht zu Ehren des 200. Geburtstages von Gotthold Ephraim Lessing am 22. Januar 1929 wurde auch aufgenommen in *Doktor Erich Kästners Lyrische Hausapotheke.*

Wintersport

Wohin man sieht, sieht man Hotels.
Und ringsherum liegt Schnee.
Die Tannen tragen weißen Pelz,
die Damen Seal und Feh.

Die Leute fahren Bob und Ski
am Hange hinterm Haus.
Ja, und von weitem sehen sie
wie Sommersprossen aus.

Das Publikum ist möglichst laut.
Was tut das der Natur?
Sie wurde nicht für es gebaut.
Und schweigt. Und lächelt nur.

Im Kreise ihres Damenflors
sind alle Mann im Schnee:
Direktors, Doktors und Majors.
Und Blubbers-Übersee.
Of course!

Wohin man sieht, sieht man Hotels.
Für Schnee ist kaum noch Platz.
Die Luft ist dick von Oui's und Well's
und Five o'clocks mit Jazz.

Die Berge und der Wasserfall
verlieren jeden Sinn.
Am Donnerstag ist Lumpenball.
Da passen manche hin!

Sie können nie bescheiden sein
und finden alles nett.
Und glauben, die Natur sei ein
Komfort wie das Klosett.

Lawinen sausen dann und wann
und werden sehr gerügt.
Was gehn den Schnee die Leute an?
Er fällt. Und das genügt.

28. Januar 1929

Ballgeflüster

Dabei ist der Mann, wie es heißt, ein Baron …
Ich schminke mich nie. Ich nehme nur Puder …
Und tritt mich wie blöd, das alberne Luder …
Fort mit [den] Pfoten! Det kenne ick schon …
Das ist nicht mein Mann. Das ist nur ein Bruder.

Ich bring Sie, ganz klar, in den Aufsichtsrat …
Wie so ein Skelett, nur Haut und Knochen …
Die hat sich in Garmisch Verschiednes gebrochen …
Sie halten die Meldung für Landesverrat? …
Und kam eine Woche zu früh in die Wochen …

Ich frage Sie, ist das nun Tanzmusik? …
Man hat mir gesagt, dass der Dr. Luther …
Na prost, Herr Pilsator! … Die Hand von der Butter!
Gnädigste haben so was im Blick …
Genau, als höre ich Ihre Frau Mutter …

Mensch, nimm Dich zusammen! Mein Mann sieht her …
Verbindlichen Dank, ich möchte nicht rauchen …
Und falls Sie mal einen Doktor brauchen …
Zum Tee im Eden … Das Stück Malheur! …
Ich dachte, hier könnte man untertauchen …

Ich suchte doch nur einen Scheidungsgrund …
Bavaria Sechsunddreißnullsieben …
Gelogen nicht, aber übertrieben …
Er dachte, sie würde vom Essen so rund …
Nein, manche können erst hinterher lieben …

und Kellnergemurmel

Und so etwas will nun erwachsen sein! …
Nun sieh nur das Rindvieh dort! …
Das Ganze ist ein Idiotenverein …
Der Kellnerberuf ist wirklich zum Spein …
Sie wünschen, mein Herr? … Sofort! …

4. Februar 1929

Der Berliner Presseball fand am 27. Januar 1929 statt.
Hans Luther (1879–1962) war als parteiloser, der DVP nahestehender Politiker 1922/23 Landwirtschaftsminister, anschließend Finanzminister und schließlich 1925/26 Reichskanzler. Von 1930 bis 1933 amtierte er als Reichsbankpräsident.
Kästner hatte in *Herz auf Taille* bereits ein anderes Gedicht gleichen Titels veröffentlicht.

Rundschreiben für Fastnacht

»Ich bin so frei, Sie auf mich hinzuweisen.
Als Lieferant von Scherzen jeder Art.
Und zwar zu, man darf sagen, kleinen Preisen.
Verpflegung extra. Und auch freie Fahrt.

Sie gehn, denn das kommt vor, zu einem Feste.
Das kann im Zoo sein. Oder auch bei Kroll.
Und umgekehrt: Sie haben selber Gäste.
Und keiner weiß, weshalb er lachen soll.

Denn lachen muss er ja. Auf alle Fälle.
Ob er nun Grund dazu hat. Oder nicht.
Denn wozu gibt er sonst und geht auf Bälle?
Oft ist Gelächter erste Bürgerpflicht.

Es fragt sich immer wieder nur: Worüber!
Denn plötzlich Schnauze auf und losgelacht –
Das kann nicht jeder erste beste Schieber.
Pardon! Selbst wenn er weiß, wie man es macht.

Das war so meine praktische Erwägung,
die (anbei Referenzen) sehr gefällt.
Ich koste, außer Anfahrt und Verpflegung,
10 Mark pro Stunde. Und das ist kein Geld.

Sie rufen einfach an – und ich erscheine!
Ich stehe Hand und Kopf. Und tanze Bauch.
Und kenne Witze, nicht besonders feine.
Ohrfeigen (Stück 5 Mark) lass ich mich auch.

Ich prügle, wenn Sie wünschen, gänzlich Fremde.
Sogar Beamte. Wenn man gut bezahlt.
Ich zieh mich aus. Wenn nötig, auch das Hemde.
Mein Körper ist von Orlik handgemalt.

Konfetti fresse ich in jedem Quantum,
Ich bin, betrunken, maßlos ordinär.
Ich bin, in Komik, ein Plurale tantum.
Und was das heißt, das weiß man ungefähr!

Empfehlen Sie mich, nach Gebrauch, an Dritte!
Wer über jeden Dreck lacht, kriegt Rabatt.
Anruf genügt. Notieren Sie sich bitte:
Kohn … 16 … 34 … Friedrichstadt.«

11. Februar 1929

Emil Orlik (1870–1932) machte sich als Maler in der Wiener Secession einen Namen, bevor er in Berlin an Kunstschulen lehrte und für Max Reinhardt Bühnenbilder bzw. Kostüme entwarf. Er war außerdem für seine Porträts zeitgenössischer Persönlichkeiten bekannt. Kästner erwähnt ihn in seinen Feuilletons anerkennend.

Revue-Dämmerung

Hermann Haller zieht nun aus
und verlässt Berlin.
Auch James Klein verkauft sein Haus.
Klein und Haller ziehen aus,
weil sie nicht mehr ziehn.

Wo die Damen rundlich sind
(und nicht nur die dreisten),
weiß nun wirklich jedes Kind.
Wo die Damen rundlich sind,
wissen nun die meisten.

Hundert Busen, klein und groß,
machten einst Vergnügen.
Fort mit Nabeln und Popos!
Hundert Busen stören bloß.
(Zwei bis drei genügen.)

Nacktheit war nichts weiter als
eine Periode.
War sie nötig? Allenfalls …
Nacktheit, südlich von dem Hals,
ist nicht mehr in Mode.

Wütend steigt das Girl ins Hemd.
Klein hat ja gekündigt.
Und auch Haller stellt sich fremd.
Nun wird wieder (ohne Hemd)
nur privat gesündigt.

Ach, die eignen Fraun zu Haus
werden immer kesser.
Nacktheit breitet sich nicht aus;
denn die eigne Frau zu Haus
kann das heute besser.

25. Februar 1929

Hermann Haller und James Klein waren bekannte Revuetheaterunternehmer.

Bettgespräch

Hast du, was in der Zeitung stand, gelesen?
Der Landtag ist aufs heftigste empört,
von wegen dem Geburtenschwund, gewesen.
Auch ein Minister fand es unerhört.

Auf tausend Deutsche kämen wohl pro Jahr
gerade 19 Komma 04 Kinder.
04! Und so was hält der Mann für wahr!
Dass das nicht stimmen kann, sieht doch ein Blinder.

Die Kinder hinterm Komma können bloß
von ihm und anderen Ministern stammen.
Und solcher Dezimalbruch wird mal groß!
Und tritt zu Ministerien zusammen.

Nun frag ich dich: Was kümmert das den Mann?
Er tut, als käm er für uns auf und nieder.
Es geht ihn einen feuchten Kehricht an!
Mir schläft der Arm ein. So. Nun geht es wieder.

Geburtenrückgang, hat er noch gesagt,
sei, die Geschichte lehrt es, Deutschlands Ende.
Und deine Fehlgeburt hat er beklagt.
Und dass er, dass man abtreibt, grässlich fände.

Jawoll, wir sollen Kinder fabrizieren.
Fürs Militär. Und für die Industrie.
Zum Löhnesenken. Und zum Kriegsverlieren!
Sieh dich doch vor. Ach so, das war dein Knie.

Na, komm mein Schatz. Wir wollen ihm eins husten:
Fern ist der Landtag, nah ist mir dein Schoß.
Wenn unsere Eltern, was wir wissen, wussten …
Wer nicht zur Welt kommt, wird nicht arbeitslos.

Der Kinderreichtum ist kein Kindersegen.
Deck uns schön zu. Ich bild mir ein, es zieht.
Komm, lass uns den Geburtenrückgang pflegen!
Und lösch die Lampe aus. Des Landtags wegen.
Damit er es nicht sieht.

4. März 1929

Leicht verändert als *Patriotisches Bettgespräch* aufgenommen in *Ein Mann gibt Auskunft*.

Sonntagnachmittag …

Arbeit muss es quasi geben.
Denn der Mensch besteht aus Bauch.
Arbeit ist das halbe Leben,
und die andre Hälfte auch.

Manche geben keine Ruhe,
und sie schuften voller Wut.
Doch ihr Tun ist nur Getue,
und es kleidet sie nicht gut.

Seht euch vor, bevor ihr schuftet!
Zieht euch keinen Splitter ein.
Wer behauptet, dass Schweiß duftet,
ist (ganz objektiv) ein Schwein.

Zählt die Arbeit zu den Strafen!
Wer nichts braucht, braucht nichts zu tun.
Legt euch mit den Hühnern schlafen.
Wenn es geht: pro Mann ein Huhn.

Lasst euch auf den Sofas treiben!
Gut geträumt ist halb gelacht.
Hände sind zum Händereiben.
Sagt schon morgens Gute Nacht!

Wozu macht ihr Karriere?
Ist die Erde denn kein Stern?
Tut, als ob stets Sonntag wäre,
denn er ist der Tag des Herrn.

Vieles tun, heißt vieles leiden.
Lebt, so gut es geht, von Luft.
Arbeit lässt sich schlecht vermeiden
doch wer schuftet, ist ein Schuft!

11. März 1929

Mit zwei weiteren Strophen und leicht verändert unter dem Titel *Bürger, schont eure Anlagen!* abgedruckt in *Lärm im Spiegel.*

Zitat aus großer Zeit

Ein Pastor, der in der Heimat klebte,
sagte seinerzeit ungefähr:
»Wenn unser Herr Jesus heute lebte,
bediente er ein Maschinengewehr!«

Kann keiner des Pastors Adresse besorgen?
Weiß sie denn niemand? Wo wohnt der Mann?
Wenn ich es wüsste – ich führe noch morgen
zu ihm und böte ihm Ohrfeigen an.

Wir müssten Kette vor seinem Hause stehn!
Hier unsre Hände, dort sein Gesicht.
Sie können meinen Vorschlag nicht ausstehn?
Er ist nicht fein? Nein, fein ist er nicht.

Sie glauben, der Ausspruch sei nie gefallen,
sondern erfunden oder entstellt?
Das Schlimmste an diesen Zitaten allen
ist, dass man sie für möglich hält.

18. März 1929

Abgedruckt in *Lärm im Spiegel.*

April, April!

Dies ist der Tag der faulen Witze.
Die Redakteure sind fidel.
Die Zeitung lacht aus jeder Ritze.
Sie stopft Bonbons in die Geschütze,
zeigt auf dem Zweirad ein Kamel
und Hermann Müller ganz in Tüll.
Der Leser soll vor Lachen bersten.
Einmal pro Jahr. Und zwar am ersten
April.

Da lässt sich nichts dagegen machen.
Von vorn und hinten – nichts als Spaß!
In Wort und Bild – die tollsten Sachen!
Ich musste selber mächtig lachen,
als ich die Zeitung sah und las.
Doch plötzlich wurde ich sehr still …
Das, was ich las, war gar kein Scherz!
Die Zeitung war von Ende März,
nicht vom April.

Und was ich las: von den Parteien,
von der Zensur, vom Zeppelin,
von Börsensturz und Schweinereien –
war ernst gemeint und nicht zum Schreien.
Obwohl es nur erfunden schien.

Ja, Witze fallen dem am schwersten,
der sie freiwillig machen will …
Lacht: jeden Tag! (Nur nicht am ersten
April.)

2. April 1929

Waldecker Opposition

Ein neues Volkslied

Wir waren nur ein kleines Reich,
ein Meter zehn im Quadrat.
Doch ob groß oder klein, uns war es gleich.
Denn wir waren ein eigener Staat.

Nun wären wir Preußen, wird uns erzählt.
Das hat uns gerade noch gefehlt.
Wir haben ein eignes Gepräge!
Wir sind keine Preußen, sondern empört.
Und murmeln nachts, wenn es niemand hört:
hie Waldeck allewege!

Damit man ein paar Millionen spart
(wie kleinlich überhaupt!),
hat man uns unsrer Eigenart,
verdammt nochmal, beraubt.

Man schrieb unser Kabinett d. u.
und das Parlament und die Fahne dazu.
Weil keinem was dran läge!
O Waldeck, teures Vaterland,
wir schwören Dir's mit Fuß und Hand:
hie Waldeck allewege!

Wir sind ein eigner Staatsverein,
der seine Grenzen kennt.
Wir werden schlechte Preußen sein,
und wenn der Schnee verbrennt.

Dass man sich so vergeht an uns,
beweist die Mängel des Völkerbunds
in der Minderheitenpflege.
Wir sind ein seltner Völkerstamm.
Die deutsche Einheit kann uns am
hie Waldeck allewege!

8. April 1929

Das Fürstentum Waldeck-Pyrmont verlor am 1. April 1929 seinen Status als Freistaat und wurde der preußischen Verwaltung unterstellt.

Der Schildbürgermeister

Der Bürgermeister von Ingolstadt
hat sich beschwert,
weil Fräulein Fleißer beschrieben hat,
wie man des Nachts in Ingolstadt
miteinander verkehrt.

Tja, bayrische Pioniere
sind Kerls und nennen ihre
Wünsche mit vollem Namen.
Und Dienstmädchen sind keine Damen.
Denn wer auf dem Klaviere
nichts weiter als Staub wischen kann,
der ist kein Freund vom Erörtern
und zieht auch den nackigsten Wörtern
keine Badehosen an.
Eine Laube ist kein Boudoir.
Das ist doch eigentlich klar.

Jedennoch der Oberbürgermeister
von Ingolstadt – Dr. Gruber heißt er –
fand, die Fleißer beschimpfe die Stadt,
und hat
einen Protest voller Schrot und Saft
(im Namen der ganzen Einwohnerschaft
und der ehemaligen Pioniergarnison)
und in grässlich gekränktem Ton
an die Berliner Behörden gehetzt.
Er protestiert wie ein Bullenbeißer.

Das arme Frolln Fleißer!
Was macht sie jetzt?

Wenn sie nicht schleunigst was andres dichtet:
Vom Pionier, der zehn Jahre wirbt
und kurz vor Annas Erlaubnis stirbt –
wird sie in Ingolstadt hingerichtet.

In Ringel-ringel-Ingolstadt,
wo man von nichts 'ne Ahnung hat,
erröten vor dir die Radieschen.
Pfui, pfui, Marieluischen!

15. April 1929

Die Premiere von Marieluise Fleißers Stück *Pioniere in Ingolstadt* am 30. März 1929 im Berliner Theater am Schiffbauerdamm löste einen der aufsehenerregendsten Skandale der Weimarer Republik aus. Kästner hatte die Vorgänge bereits einige Tage zuvor in der *Neuen Leipziger Zeitung* kommentiert und verteidigte Fleißers Drama als »ein wunderbar echtes Kleinstadtgemälde«.

Frühling 1929

Die Bäume schielen nach dem Wetter.
Sie prüfen es. Dann murmeln sie:
»Man weiß in diesem Jahre nie,
ob nu raus mit die Blätter
oder rin mit die Blätter
oder wie!«

Aus Wärme wurde wieder Kühle.
Die Oberkellner waren blass
und fragten ohne Unterlass:
»Also, raus mit die Stühle
oder rin mit die Stühle
oder was?«

Die Pärchen meiden nachts das Licht.
Sie hocken Probe auf den Bänken
in den Alleen, wobei sie denken:
»Raus mit die Gefühle
oder nicht?«

Der Lenz geht diesmal auf die Nerven
und gar nicht, wie es heißt, ins Blut.
Wer liefert Sonne in Konserven?
Na, günstigen Falles
wird doch noch alles gut.

Es ist schon warm. Wird es so bleiben?
Die Knospen springen im Galopp.
Und auch das Herz will Blüten treiben.
Drum, raus mit die Stühle
und rin mit die Gefühle,
als ob …

22. April 1929

Bereits veröffentlicht als *Atmosphärische Konflikte*
in *Herz auf Taille.*

Van de Velde im Kino

Wenn ihr z. B. das Essen verbrennt
oder er kommt zu spät aus der Stadt
oder sie (weil er ihr keinen Pelz kauft) flennt
oder er (während sie Klavier spielt) pennt
oder wenn sie ein Hündchen hat –
erscheint auf der Leinwand ein ernster Greis,
hebt einen Finger und sagt, was er weiß:
Es fehle den Leuten nachts an Talent,
und ihr Vergnügen verlaufe getrennt
und ohne Halli und Hallo.
Er redet dunkel von seinem Patent.
Und wer »Die vollkommene Ehe« nicht kennt,
der staunt und murmelt: »Wieso?«

Man sieht eine Frau, die den Mann erschießt.
Man sieht Elefanten zur Weide.
Und Samen, der eilig nach Osten fließt.
Und Luther, der in der Bibel liest.
Und mehrere Kurven aus Kreide.
Darauf erscheint dann wieder der Greis,
hebt einen Finger und sagt, was er weiß:

Von Vor-Erregung aus Liebe zur Frau,
von Goethe und pyknischem Körperbau und
von schizothymem Befund.
Das Publikum lauscht der Orchestermusik,
verliert allmählich den Überblick
und flüstert müde: »Na und?«

Dann steht die Lil Dagover da
und hupft als Maria Theresia
um Gustav Dießl rum.
Der Arzt hat ihnen den Rummel – na ja,
und nun sind sie nicht mehr dumm.
Darauf erscheint dann wieder der Greis
und hebt seine Hand wie ein Bein.
Denn er versteht, was er sagt, weil er's weiß.
Die andern, die sehen's nicht ein.
Und flüstern schon ganz ohne Spucke:
»Nun sind wir erst richtig meschugge.«

29. April 1929

Der friesisch-niederländische Arzt Theodoor Hendrik van de Velde (1873–1937) veröffentlichte 1926 sein Buch *Die vollkommene Ehe. Eine Studie über ihre Physiologie und Technik*, worin er für die Erotisierung der Ehe plädierte. Der aus dem

Buch hervorgehende Aufklärungsfilm fand bei der Kritik wenig Anklang.
Kästner hatte im Jahr zuvor bereits von einer Lesung van de Veldes im Feuilleton der *Neuen Leipziger Zeitung* berichtet. Er versprach sich von den Ratschlägen des Sexualaufklärers nicht viel, denn »in den allermeisten Fällen liegt die Schwierigkeit in ganz anderen als sexuellen Sphären; und zwar in Sphären, die auf erotischem Wege gar nicht erreichbar sind. Die Ehe ist eine Kollektivform, deren Verfassung heute ebenso in Frage gestellt ist wie die Monarchie.«

Mit Lil Dagover (1887–1980) und Gustav Diessl (1899–1948) war die Verfilmung prominent besetzt.

Nationaltheater in Oppeln

Da hätten wir's wieder einmal!
Die teutschen Helden in Oppeln,
die helfen, unsre Moral zu verdoppeln.
Zu verdoppeln?
Zu verdoppeln!

Sie brechen Geigern und brechen Tenören
die Knochen und lassen sich weiter nicht stören.
Sie fordern den Schutz der Deutschen in Polen,
wobei sie die Polen in Oppeln versohlen.

Sie fragen immer erst: Wo denn?
und fordern drüben Moral.
Und machen hüben Skandal.
Das sind so ihre Methoden.
Ethik mit doppeltem Boden.
Infam, aber streng national!

Nur immer so weiter! Mit Knüppeln und Messern!
Der Hass hat zu lange geruht.
Den Deutschen in Polen geht's noch zu gut,
und nun wird sich ja bald alles bessern.

Bravo, die Übeltäter!
Das ist noch Tapferkeit.
Während ihr spuckt und schreit,
reden in Genf die deutschen Vertreter
vom Rechte der Minderheit.

Und ein Raunen geht durch den Saal:
»Wo ist nun die Ehrlichkeit? Wo denn?
Hüben Skandal,
drüben Moral,
das sind so ihre Methoden.
Ethik mit doppeltem Boden!«

Verflucht noch einmal!

6. Mai 1929

In Oppeln hatte es in der Woche zuvor Ausschreitungen gegen zwei polnische Künstler gegeben, wie am 1. Mai in der Tagespresse gemeldet wurde.

Werders Leiden

(Zwei Strophen, nach der Dreigroschenoper-Ballade
»Von der Unzulänglichkeit« zu singen)

Erst sind die Bäume grün.
Dann sind sie weiß und blühn.
Dann weht der Wind von links und rechts
zum Nutzen des Geschlechts.

Dann sind die Bäume grau,
und alles muss verblühn.
Zum Schlusse sind sie dann genau –
ganz wie zu Anfang – grün.

Dann ist eine Weile Ruhe,
bis du an nischt mehr gloobst.
Doch trotz dem Getue
wird daraus noch Obst.

*

Erst ist das Obst noch grün
und schadet deinem Darm.
Dann muss man sich auf den Baum bemühn
und bricht dabei den Arm.

Und ist das Obst gepflückt,
und prüft man den Gewinn,
dann ist man meistens sehr bedrückt,
denn dann sind Maden drin.

Alles muss erst wachsen.
Und man denkt: »Lieber Gott,
wir lassen uns nicht flachsen –
behalte dein Kompott!«

13. Mai 1929

In Werder an der Havel wurde am 11. Mai 1929 zum fünfzigsten Mal das Baumblütenfest begangen.

Kleiner Pfingstbericht

»'n Tag. Warn Sie zu Pfingsten auch verreist?
Nee? Na hörnse mal, das is ja Sünde.
Wir sind weg gewesen. Mit Frau Feist.
Wie meist.
Etwas hinter links von Warnemünde.

So 'ne Sonne, und die hat geschienen!
Seeluft, und bis früh um fünfe Schwoof.
Bloß die Leute,
bloß die Leute heute, sag ich Ihnen,
warn die doof.

So was Doofes, ausgerechnet Pfingsten!
Heiljer Geist und so, nich im geringsten.
Und da sage ich doch zu Frau Feist:
›Solche Sachen
wie die Sache mit dem ausgegossnen Geist
sollte der Herr Himmel öfter machen.‹

Während ich mich noch im Lachen übe
(denn man is es gar nich mehr jewöhnt),
haut mir plötzlich einer auf die Rübe,
meine Liebe,
dass es dröhnt.

Frohes Fest!, denk ich und falle um.
Rund ein Stündchen habe ich deswegen
lang gelegen
blass und stumm.
Und ich dachte schon, nu bleib ich dumm.

Wer es war? Das ist sehr schwer zu sagen.
Is ja auch im Grunde einerlei.
Edle Teile gingen nich entzwei,
bloß das Schädeldach is angeschlagen,
und vielleicht war es die Polizei?
Wäre ja nich weiter ungewöhnlich.
Hat gedacht, ich bin der 1. Mai
persönlich?«

21. Mai 1929

Vom 1. bis 3. Mai 1929 kam es bei den traditionellen Demonstrationszügen zu schweren Ausschreitungen, auch durch das harte Vorgehen der Polizei verursacht. Der »Blutmai« forderte über 30 Todesopfer.

Brief aus Paris

Die Sonne schien. Die Luft war weich.
Die Menschen sind bekanntlich gleich.
Und ist man auch kein Lord –
man zählte Geld. Es war genug.
Man nahm den Koffer, fuhr zum Zug
und fort.

Hannover, Köln a. Rh., Namür …
Der Sommer stand schon in der Tür.
Und es war doch erst Mai.
Die Bäume blühten längs und rings.
Auch an zerschossnen Kirchen ging's
vorbei.

Man sah vorm Fenster das und dies.
Auf einmal war man in Paris.
Es ging wie im Galopp.
Man sah die Stadt zum ersten Mal.
Und was man sah, fuhr Berg und Tal
im Kopp.

Paris ist schön. Und laut. Und bunt.
In Autobus und Untergrund
sitzt man die Knochen krumm.
Versailles, Louvre, Luxembourg …
so stolpert man in der Kultur
herum.

Die Kinder sind das Schönste hier.
Die Großen sind genau wie wir.
Es heißt nur non statt nein.
Die Kriege sind der größte Mist.
Und wer sie will und fördert, ist ein
Schwein.

Die Zeit vergeht uns wie im Trab.
Wir wollen noch an Heines Grab.
Denn wir verehren ihn.
Der wusste, was er schrieb und sprach!
Am Dienstag geht's dann wieder nach
Berlin.

27. Mai 1929

Kästner schilderte hier Eindrücke einer Reise nach Paris, die er vom 19. bis zum 24. Mai 1929 mit seiner Ex-Freundin Ilse Julius und Erich Ohser unternahm.
Im Bericht *Kleine Reise nach Paris*, den Kästner für die *Neue Leipziger Zeitung* vom 30. Mai schrieb, schwärmt er von der »unbeschreiblich schönen und malerischen Stadt« und dem »Kinderparadies« Jardin du Luxembourg, das er bereits in einem weiteren Gedicht verewigt hatte. *Jardin du Luxembourg* wurde 1928 in der zweiten Auflage seines ersten Lyrikbands *Herz auf Taille* veröffentlicht.

Trottoircafés bei Nacht

Hinter sieben Palmenbesen,
die der Wirt im Ausverkauf erstand,
sitzt man und kann seine Zeitung lesen,
und die Kellner lehnen an der Wand.

An den Garderobenständern
schaukeln Hüte, und der Abendwind
möchte sie in Obst verändern.
Aber Hüte bleiben, was sie sind.

Sterne machen Lichtreklame.
Leider weiß man nicht genau, für wen.
Und die Nacht ist keine feine Dame,
sondern lässt uns ihr Gewölbe sehn.

In der renommierten Küche
brät der dicke Koch Filet und Fisch.
Und er liefert sämtliche Gerüche
seiner Küche gratis an den Tisch.

Wenn man jetzt in einer Wiese läge
und ein Reh trät aus dem Wald …
Seine erste Frage wäre diese:
»Kästner, pst!, wie hoch ist Ihr Gehalt?«

Also bleibt man traurig hocken
und hält Palmen quasi für Natur.
Fliegen setzen sich auf süße Brocken.
Und der Mond ist nur die Rathausuhr.

Sieben Palmen wedeln mit den Fächern,
denn auch ihnen wird es langsam heiß.
Und die Nacht sitzt dampfend auf den Dächern.
Und ein Gast bestellt Vanilleeis.

3. Juni 1929

Bereits zuvor veröffentlicht in *Herz auf Taille.*

Klassenzusammenkunft

Sie trafen sich, wie ehemals,
im 1. Stock des Kneiplokals.
Und waren zehn Jahr älter.
Sie tranken Bier. (Und machten Hupp!)
Und wirkten wie ein Kegelklub.
Und nannten die Gehälter.

Sie saßen da, die Beine breit,
und sprachen von der Jugendzeit
wie Wilde vom Theater.
Sie hatten, wo man hinsah, Bauch,
und Ehefraun hatten sie auch
und fünfe waren Vater.

Sie tranken rüstig Glas auf Glas
und hatten Köpfe bloß aus Spaß
und nur zum Hütetragen.
Sie waren laut und waren wohl
aus einem Guss, doch innen hohl,
und hatten nichts zu sagen.

Sie lobten schließlich, haargenau,
die Körperformen ihrer Frau,
den Busen und dergleichen …
Erst dreißig Jahr, und schon zu spät!
Sie saßen breit und aufgebläht
wie nicht ganz tote Leichen.

Da, gegen Schluss, erhob sich wer
und sagte kurzerhand, dass er
genug von ihnen hätte.
Er wünsche ihnen sehr viel Bart
und hundert Kinder ihrer Art,
und gehe jetzt zu Bette.

Den andern war es nicht ganz klar,
warum der Kerl gegangen war.
Sie strichen seinen Namen
und machten einen Ausflug aus.
Für Sonntag früh. Ins Jägerhaus.
Doch dieses Mal mit Damen.

10. Juni 1929

Ebenfalls bereits in *Herz auf Taille* enthalten.

Feiner Besuch

Die Berliner haben keinen
eigenen König in Gebrauch.
Deshalb pumpen sie sich manchmal einen.
Das geht auch.

Nante hängt an Fuads Zügen,
denkt an Cheops, Sphinx und Ramses.
Die Berliner wollen ihr Vergnügen.
Und nu hamses.

Mit Afghanistan fing's an.
König Fuad kam als Zweiter.
Zogu soll der Dritte sein, und dann
geht's so weiter.

Zapfen streichen. Truppen ziehn.
Diplomaten sind vorhanden
Jeder König einmal in Berlin!
Stilljestanden!

Groß und klein schlägt mit den Hacken,
um sich höflich zu erweisen.
König sein heißt heute, Koffer packen
und verreisen.

Bitte sehr, der nächste König!
Husch, durchs Brandenburger Tor!
Kommen sich Herr König nicht ein wenig
komisch vor?

»Fuad auf den Rieselfeldern.«
»Aman Ullah geht zur Mette.«
»Persiens Schah in Wilhelms Bette.«
Polizisten stehen Kette.
So spielt man mit unsern Steuergeldern
Operette.

Lass dem Kind doch die Bulette!

17. Juni 1929

Der ägyptische König Fuad I. traf am 10. Juni 1929 zum Staatsbesuch in Berlin ein.

Sittlichkeit bei 30 Grad

Man steht im Hemd wie in Aspik.
Die Sonne scheint in Strömen.
Der dünnste Anzug wird zu dick.
Man steckt im Hemd wie in Aspik.
Die Sonne soll sich schämen!

Der Sommer hext die Frau zur Fee.
Der Anblick macht beklommen.
Die Bluse hüpft wie Weingelee.
Der Sommer hext die Frau zur Fee.
(Die eigne ausgenommen.)

Wohin man blickt, sieht man Figur.
Und Brust mit etwas Spitze.
Ach, wär es zehn Grad kühler nur!
Wohin man blickt, sieht man Figur.
Jedoch, bei solcher Hitze?

Man ist sich schon allein zu viel
Und denkt an nichts als baden.
Der Sommer ist kein Kinderspiel.
Man ist sich schon allein zu viel
Und pfeift auf fremde Waden.

Man sitzt und schwitzt und brummt voll Wut:
»Der Sommer ist gehässig.«
Ein Mädchen macht uns lächelnd Mut.
Man sitzt und schwitzt und brummt voll Wut:
»Mein Fräulein, es ist Essig!«

24. Juni 1929

Prozess

Tag, Frau Perls. Sie rücken schon?
Ich komm mit, wenn Sie gestatten.
Und wie geht's dem werten Gatten?
Und dem Sohn?

Gestern war mein Mann mit hier.
Ja. Wir haben für Prozesse
Immer starkes Interesse.
Gott, schon vier!

Aber heute geh ich fort.
Bittsie, was soll unsereiner?
Ist doch bloß ein ganz gemeiner
Totschlag oder Mord.

Nicht mal homosexuell.
Nichts von Notzucht. Mensch, mach Kasse!
Gehen Sie mir mit Manasse.
Aber schnell.

Weiter nichts als Bruderhass!
Meine Spannung ist längst flöten.
Bisschen Prügel? Und gleich töten?
Auch etwas.

Wie man so was machen kann.
Nicht mal eine neue Wendung!
Weiter gar nichts als Verblendung,
Sagt mein Mann.

Krantz und Scheller warn noch Kerls!
Ja. Nun will ich aber laufen.
Und den neuen Kästner kaufen.
Tag, Frau Perls!

1. Juli 1929

Kästner erwähnt in diesem Gedicht den gerade verhandelten Mordprozess Manasse Friedländer, der seinen Bruder Waldemar getötet hatte – Grund soll dessen Bevorzugung durch die Mutter gewesen sein. Paul Krantz und Günther Scheller erlangten in der »Steglitzer Schülertragödie« traurige Bekanntheit – Liebeskummer gab den Anlass zur Verabredung eines Doppelmordes mit anschließender Selbsttötung. Nur Paul Krantz führte beide Taten durch. Kästner bewirbt in der vorletzten Zeile seinen neuen Gedichtband *Lärm im Spiegel*.

Der Dauertänzer

Fernando heißt er. Schreiben die Blätter.
150 Stunden im Ganzen
nichts tun als tanzen?
Donnerwetter!

Sechs Tage fast. Wenn du rechnen kannst.
Und während wir sechsmal die Lider senken
und schlafen, müssen wir immer dran denken:
Fernando tanzt!

Da wird inzwischen gestanzt und geschanzt.
Da wird inzwischen geküsst und kuranzt.
Da wird inzwischen krepiert und gepflanzt.
Und Fernando? Der tanzt!

Fernando tanzt. So sehr Ihr Euch wundert.
Fernando tanzt draußen. Fernando tanzt drinnen.
Fernando verbraucht an Partnerinnen
zirka sechshundert.

Er dreht sich wie ein Kreisel im Kreise.
Das Essen erledigt er tanzenderweise.
Übers Gegenteil ist kein Wort zu verlieren.
(Da muss er pausieren.)

Fernando tanzt. Doch er tanzt nicht nur.
Er ist zugleich ein echter und rechter
– sagen wir's voller Stolz – Verfechter
unsrer Kultur.

Sechs Tage lang Geburten und Morde.
Immerzu.
Fernando bricht inzwischen Rekorde.
Und was brichst du?

8. Juli 1929

Hurra, Ferien!

Die Sonne scheint.
Die Tochter weint.
Die Mutter meint:
»Wenn ich den Kerl erwische!«
Sie ist gekränkt.
Der Vater senkt
den Kopf und denkt:
»Brr! Sommerfrische …«

Der Strand ist groß.
Man sieht Trikots.
Und sieht Popos
(zum Teil verführerische).
Es starrt der Mann
die Gattin an
und flüstert dann:
»Brrr! Sommerfrische …«

Man hat viel Zeit.
Berlin ist weit.
Die Tante schreit:
»Wann gehen wir zu Tische?«
Der Hunger quält.
Die Mutter zählt.
Das Jüngste fehlt.
Brrrr! Sommerfrische …

Das Kurhaus ragt.
Die Mücke plagt.
Klein-Siegfried fragt:
»Gibt's in der Ostsee Fische?«
Die See liegt glatt.
Der Vater hat
die See so satt!
Brrrrr! Sommerfrische …

15. Juli 1929

Zweimal Hochzeit

Ein siamesischer Zwilling zu sein,
ist kein Genuss.
Ständig zu zwein, niemals allein,
auch wenn man mal muss …

Zwei Körper, ach!, in einer Haut.
Gott ist kein Kavalier.
Und wird mal so ein Paar getraut,
traut man gleich vier.

In Manila, so wird uns erzählt,
hat sich ein Paar
solcher Zwillinge kürzlich vermählt.
Die Sache ist wahr.

Der Külz von Manila machte Skandal.
Und fand, das sei,
unterm Gesichtspunkt der Moral,
eine Schweinerei.

Er fand: ein doppeltes Doppelbett
gehe zu weit.
Und zieh das geplante Ehequartett
der Vierschläfrigkeit.

Er stellte sich alles plastisch vor.
Ich könnte das nie!
Er war ein Mann mit wenig Humor
und viel Phantasie.

Gott schuf die Beine, den Kopf und den Bauch
in seiner Huld,
und die siamesischen Zwillinge auch!
Er ist dran schuld.

Jetzt haben die vier, trotz Külzens Nein,
die Trauung erreicht.
Ein siamesischer Zwilling zu sein,
ist aber trotzdem nicht leicht.

22. Juli 1929

Der liberale Politiker Wilhelm Külz (1875–1948) und der Kolonialarzt und Tropenforscher Ludwig Külz (1875–1938) waren Zwillinge. Wilhelm fungierte 1926/27 als Reichsinnenminister, Ludwig versuchte, mit medizinischen Argumenten die in den deutschen Kolonien politisch gewünschte Segregation zwischen Schwarz und Weiß als hygienisch notwendig zu begründen.

Kientopp

Wir haben selten so sehr gelacht.
Die Sintflut im Rahmen der Marneschlacht!
Der Weltkrieg mit Sem und Ham als Gast,
Und Jehova am Toten Mann –:
    Eine Dame hätte vor Lachen fast …
    Doch sie hatte gar keine an.

Die Erzväter waren doch sonst so begabt.
Die hätten's doch gar nicht nötig gehabt.
Das ist schon ein zäher Völkerstamm,
    Vom Turm zu Babel zum Chemin des Dames
    egal dieselben Juden!

Die Mirjam als Spionin mit Boa …
Die Ochsen in der Arche Noah …
Der Gott Jehova als Filmtalent …
Mein Liebchen, wirst Du draus schlau?
    Das Wasser raucht. Der Dornbusch brennt.
    Und der Krieg ist 'ne Modenschau!

Mit Bibel und Heldentum angelackt,
mit Auf in den Kampf! und Kelloggpakt,
mit Christentum und mit Pappmaché
erobert sich so was die Welt!
    Millionen für eine Schnapsidee.
    Die machen's uns für ihr Geld!

29. Juli 1929

Kientopp/Kintopp bezeichnete »auf Berlinerisch« das Kino kleiner Leute. Der Schankwirt Alfred Topp hatte 1907 über seiner Kneipe ein Panoptikum eingerichtet.
Kästner nimmt den Film *Arche Noah* aufs Korn, der die biblische Sintflut mit dem Ersten Weltkrieg parallelisiert. Seine am Folgetag in der *Neuen Leipziger Zeitung* erschienene Filmkritik ist dementsprechend vernichtend. Augenscheinlich hielt er nichts von der »Ansicht der Warner Brothers«, dass »der Weltkrieg auch eine Art Sintflut und ebenso läuternd und nützlich« sei. Auch die technische Seite des Films konnte Kästner nicht überzeugen: »Die Hollywooder Wasserleitung wird aufgedreht. Die Pappgebäude purzeln um. Die Statisten tun, als ob sie ertrinken. Nur die Familie Noah, in ihrer Arche, mit der Errichtung des ersten Zoologischen Gartens beschäftigt, kommt trocken davon.«

420 Stunden in der Luft

Das Fliegen ist schon längst nicht mehr gefährlich.
Es turnt sich in den Lüften wie am Reck.
Die Erde wird nun nach und nach entbehrlich.
Sie dient als Start. Sonst hat sie keinen Zweck.

Wo sich Rekorde zeigen, wird gebrochen.
Man sitzt im Flugzeug wie im ersten Rang.
Erst flog man einen Tag. Jetzt fliegt man Wochen.
Ab nächsten Dienstag fliegt man jahrelang.

Die Luft hat keine Balken. Das ist richtig.
Doch ohne Balken geht es schließlich auch.
Natur und Städte – alles nicht so wichtig.
Benzin ist nötig! Und ein langer Schlauch.

Wer keine Wohnung hat, lernt morgen fliegen.
Im Himmel ist für viele Leute Raum.
Wenn erst die Kolonien im Himmel liegen,
Stört das die andern Völkerschaften kaum.

So löst das Fliegen selbst die schwersten Fragen,
Weil nun der Globus an Gewicht verliert.
Die Luft ist groß. Wozu soll man sich plagen?
Der Himmel wird ganz einfach parzelliert.

Wer Kinder hat, soll sich nicht weiter grämen.
Man kauft ein Flugzeug. Und man schickt sie fort.
Sie werden Luftgeschäfte übernehmen.
Der Himmel ist dafür der rechte Ort.

Die Menschen werden allesamt Piloten.
Die ganze Erde wird zur Alten Welt.
Sie zu besuchen, ist zwar nicht verboten.
Doch keiner tut's. Falls er nicht runterfällt.

So ist der Mensch. Und Gott hat ihn erschaffen.
New York versinkt. Und London. Auch Berlin.
In Wilmersdorf und Steglitz klettern Affen.
Und selbst die Engel stinken nach Benzin.

5. August 1929

In Frankreich wurde Ende Juli 1929 ein Dauerflugrekord von 386 Stunden aufgestellt und damit die Bestmarke der vorigen Woche – 247 Stunden – übertroffen.

Traurigkeit

Man weiß von vornherein, wie es verläuft.
Vor morgen früh wird man bestimmt nicht munter.
Und wenn man sich auch noch so sehr besäuft –
die Bitterkeit, die spült man nicht hinunter.

Die Trauer kommt und geht ganz ohne Grund.
Und man ist angefüllt mit nichts als Leere.
Man ist nicht krank. Und fühlt sich nur gekränkt.
Es ist, als ob die Seele unwohl wäre.

Man will allein sein. Und auch wieder nicht.
Man hebt die Hand und möchte sich verprügeln.
Vorm Spiegel denkt man: »Das ist dein Gesicht?«
Ach, solche Falten kann kein Schneider bügeln!

Vielleicht hat man sich das Gemüt verrenkt?
Die Sterne ähneln plötzlich Sommersprossen.
Man ist nicht krank. Man fühlt sich nur gekränkt.
Und hält, was es auch sei, für ausgeschlossen.

Man möchte fort und findet kein Versteck.
Es wäre denn, man ließe sich begraben.
Wohin man blickt, entstellt ein dunkler Fleck.
Man möchte tot sein. Oder Urlaub haben.

Man weiß, die Trauer ist sehr bald behoben.
Sie schwand noch jedes Mal, sooft sie kam.
Mal ist man unten, und mal ist man oben.
Die Seelen werden immer wieder zahm.

Der eine nickt und sagt: »So ist das Leben.«
Der andre schüttelt seinen Kopf und weint.
Die Welt ist rund, und wir sind schlank daneben.
Ist das ein Trost? So war es nicht gemeint …

12. August 1929

Unter dem Titel *Traurigkeit, die jeder kennt* leicht verändert aufgenommen in *Gesang zwischen den Stühlen.*

Abfahrt

Durchs Fenster dringt der Lärm von drei Kapellen.
Der halbe Badeort wiegt sich im Takt.
Die Ostsee schlägt, wie es im Buch steht, Wellen.
Die Mutter packt …

Die Koffer stehn herum mit offnem Rachen.
Vor der Veranda dehnt sich die Natur.
So wenig Platz, sagt sie, und so viel Sachen!
Wie kommt das nur?

Der Wellenschlag macht Mutter bloß nervöser.
Sie stochert in den Schränken, dass es knackt.
Wenn Wäsche schmutzig wird, wird sie auch größer.
Die Mutter packt …

Nun braucht man nicht mehr in Pension zu essen.
Nicht kochen können grenzt sehr oft an Mord.
Ich will mir noch ein Wiener Schnitzel pressen.
Dann aber fort!

Die schwarze Kleiderbürste ist verschwunden.
Der Bademantel ist im Sand versackt.
Die Sonne scheint. Der Zug geht in zwei Stunden.
Die Mutter packt …

Der Badeanzug hängt noch auf der Leine.
Wo ist der kleine Schlüssel? Es wird Zeit!
Ab morgen hat man endlich wieder seine
Gemütlichkeit.

Wenn nun der Geldbriefträger doch noch käme?
So kurz vor Abfahrt? Das war abgeschmackt.
Am Urlaub ist das einzig Angenehme,
dass Mutter packt ...

19. August 1929

Kästner verbrachte mit seiner Mutter in der ersten Augusthälfte einen Urlaub an der Ostsee.

Kopenhagen

Manches sieht man, wenn man reist.
Beispielsweise, wie sie essen.
Denn in Östreich wird gegessen,
und in Frankreich wird gespeist
und in Dänemark – gefressen.

Ach, wir standen vor den Tischen,
und wir staunten uns ein Loch.
So ein Berg von Krebs und frischen
Schinken, Bieren, Würsten, Fischen!
Und der Hummer lebte noch.

Um die Fremden nicht zu kränken,
tut der Deutsche, was er kann.
Voll von Speisen und Getränken
sanken wir von unsern Bänken.
Und die Dänen sahn uns an …

Und sie löffelten und stachen
mit den Gabeln rings umher.
Und sogar die Tische brachen!
Stunden eilten. Und wir sprachen
vor Ergriffenheit nicht mehr.

Nein, so was ist nicht zu glauben,
wenn man's nicht gesehen hat.
Später kauten sie dann Tauben
und dann Käse, Eis und Trauben.
Doch sie waren noch nicht satt!

Sollen wir das Volk beneiden?
Doch das ist nicht unsre Art.
Wir sind arm und sind bescheiden;
und mit einem Magenleiden
wird oft sehr viel Geld gespart.

26. August 1929

Auch Kopenhagen war Urlaubsstation von Kästner und seiner Mutter.

Es geht los!

Das war die große Pause,
mit Bergen und Tunneln und Seen.
Nun sind wir ja wieder zu Hause.
Nun kann es ja weitergehn.
Der braune Teint ging flöten.
Berlin ist ziemlich groß.
Was blasen die Trompeten?
Vorhang!
Es geht wieder los.

Nun putzen die Rezensenten
die Brillen wieder blank.
Nun holen die Rezensenten
die Vollbärte aus dem Schrank.
Nun füllen sie wieder die Federn
und scheuern die klugen Popos
im ersten Parkett wieder ledern.
Vorhang!
Es geht wieder los.

Sie dienen uns als Berater.
Wir folgen ihnen treu.
Es wird das alte Theater.
Und nur die Stücke sind neu.
Nun kommt die Premierenhetze.
Wie übersteht man's bloß?

Rasch, alles auf die Plätze!
Vorhang!
Es geht wieder los.

2. September 1929

Bombenwerfer-Hymne

Wir kaufen Margarinekisten
und tun dann Dynamit hinein.
Wir sind die Höllenmaschinisten.
Au fein!

Wir kaufen hübsche Weckeruhren
und bringen die Behörden um.
Denn wir sind Renaissancenaturen.
Bum, bum!

Wir schleichen nachts, nicht zum Erkennen,
von einem Ort zum andern Ort.
Die Weckuhr tickt. Die Lunten brennen.
Nun fort!

Der Reichstag reizt uns im Besondern.
Doch sprengten wir auch anderswo.
In Lüneburg. Und dann in Tondern.
Hoho!

Wir haben lange schwarze Listen.
An jedem zweiten Eckstein grollt's.
Wir haben noch so viele Kisten.
Gut Holz!

Wir kommen früher oder später,
sobald es sich nur machen lässt.
Wir sind verflixte Übeltäter.
Prost Rest!

Wir stellen uns an alle Mauern.
Die Polizei wird uns nicht weiter stören.
Die Margarinekisten lauern.
Auf Wiederhören!

9. September 1929

Mitglieder der Landvolkbewegung hatten am 1. September 1929 im Reichstagsgebäude einen Bombenanschlag verübt. Es entstand nur geringer Sachschaden, Menschen wurden nicht verletzt.

Brigitte prozessiert

Ein jeder Name
hat mal ’ne Baisse.
Die beste Reklame
sind dann Prozesse.
Man bringt zur Sprache,
was ganz privat is.
Und kriegt man recht,
hat man’s noch gratis.
Wenn zwei sich streiten, freut sich der Dritte.
Die meisten tun es. Jetzt tut’s Brigitte.

Du blondes Gift!
Die Ufa verkennte,
was dich betrifft,
die wahren Talente?
Du spieltest den Vamp?
Das sei schon chronisch?
Und dabei wärst du
ja gar nicht dämonisch?
Ganz unsre Meinung. Aber bitte:
Sei nicht so offenherzig, Brigitte.

Du willst was Neues.
Du willst was Besonderes.
Vielleicht was Treues
und noch viel Blonderes? …
Es braust ein Ruf
wie Donnerhall:
Ein Star ist keine
Nachtigall.
Frau Helm als Gretchen? Nebst Zucht und Sitte?
In Barchentwäsche? Hier irrt Brigitte!

16. September 1929

Die Schauspielerin Brigitte Helm (1906–1996) prozessierte gegen ihren Arbeitgeber, die UFA, weil sie sich auf die Rolle des Vamps festgelegt fühlte.

Umzug

Ich wohnte zirka zwölf Jahr in Logis.
Nun geht es nicht mehr. Rien ne va plus.
Einmal wird's jedem zu dumm.
Ich habe mir also viel Geld geborgt
und eine kleine Wohnung besorgt.
Am Ersten ziehe ich um.

Ich lege mir Grammophon ins Bett
und hab eine Küche mit Wasserklosett
von marmorweißem Schmelz.
Ich wohne zwar nur im Hinterhaus
und auch noch dort nach hinten raus.
Was wollen Sie? Mir gefällt's.

Drei Tage waren die Maler hier
und tranken dreißig Flaschen Bier.
Und so verging die Zeit.
Die Möbel schaff ich mir später an,
weil man nicht alles auf einmal kann.
Man nennt das die »Sachlichkeit«.

Dann male ich mir mit eigener Hand
das Nötigste an die Rabitzwand.
Und sage zu mir: Herr Baron.
Einen Blumentopf kauf ich mir auf Rabatt.
Wenn man nur erst die Wohnung hat!
Das andre findet sich schon.

Die Lage ist gut. Die Nachbarn sind still.
Und Fahrstuhl fahr ich, so viel ich will.
Der ist in der Miete mit drin.
(Wenn das mein Wirt hier liest, weiß der
nun wenigstens so ungefähr,
was ich für einer bin.)

23. September 1929

Kästner bezog im September seine erste eigene Wohnung in der Roscherstraße 16, Berlin-Charlottenburg.

Brucknerhetze

Alle Schuld rächt sich auf Erden.
Wer nicht isst, kriegt keinen Bauch …
Wenn die Stücke schlechter werden,
wird das Publikum es auch …

Bruckner ist noch immer Mode,
denn man weiß nicht, wer er ist.
Heißt er Tagger? Ist's Methode?
Hat er Schulden? Ist er Christ?

Schläft er lange? Ist er fleißig?
Hat er mittelblondes Haar?
Hat er alle zweiunddreißig
Zähne oder fehlen paar?

Ist er Doktor oder keiner?
Kann er schwimmen? Läuft er Ski?
Und was denkt er über Steiner
und die Anthroposophie?

Welches war sein größter Kummer?
Welches ist sein Leibgericht?
Wie ist seine Handschuhnummer?
Liebt er Frauen? Warum nicht?

Welche Automarke fährt er?
Wird er nächsten Monat krank?
Wie oft las er Goethes Werther?
Wie viel hat er auf der Bank?

Ist er etwa eine Dame?
Oder ist er ein Plural?
Nun beruhigt Euch doch mal!
Bruckner ist ja schließlich auch ein Name.
Ob er stimmt, ist ganz egal.

30. September 1929

Die Identität des viel gespielten Dramatikers Ferdinand Bruckner (1891–1958), dessen bürgerlicher Name Theodor Tagger lautete und mit dem sich Kästner bereits in seinem Gedicht *Manöver im Parkett* beschäftigte, kam im Rahmen eines Prozesses ans Licht. Bruckners Nachfolger Gustav Hartung als Intendant des Renaissance-Theaters stritt vor Gericht mit dem S. Fischer Verlag um die Rechte an Bruckners Stücken.

In Berlin spukt's

Die Zeitung muss es schließlich wissen.
Das Auge des Berliners glänzt.
Er flüstert, förmlich hingerissen:
»Wir haben ein Gespenst.«

Es rückt der Tisch. Es klinkt die Klinke.
Und keiner weiß, wie es geschah.
So macht das Jenseits Winkewinke.
Der Onkel Hans ist da.

Er spukt im Zimmer seiner Nichte
und stößt das Bettchen von der Wand.
Man hört phantastische Berichte
Der Kerl kann allerhand.

Er schreibt z. B. seinen Namen
für einen Toten gar nicht schlecht.
Die Ärzte meinten, als sie kamen,
die Unterschrift sei echt.

Und hat das Kindchen Langeweile
und ruft: »Na Onkel, pauke mal!«,
dann paukt der Geist mit Windeseile
und macht auch sonst Skandal.

Die Ärzte (große Geisterkenner) erklärten,
dass die Zappelei der Puppen und der Hampelmänner
enorm gewesen sei.

Mit Federhalter, Tischerücken
und einer Pauke um den Bauch
als Geist die Nichten zu entzücken –
wer möchte das nicht auch?

Das Spuken wird, ich hoffe, Mode.
Lernt pauken! Übt es schleunigst ein!
Das wird ein Leben nach dem Tode!
Au fein!

7. Oktober 1929

Die Zeitungen berichteten in diesen Tagen von einem als Nachtgespenst verkleideten Einbrecher in Berlin-Charlottenburg.
Der Okkultismus war eine Modeerscheinung der 1920er-Jahre, der auch Thomas Mann nicht ausweichen wollte.

Sein Vortrag über Okkulte Erlebnisse (1923) – obgleich ironisch im Ton – beruhte auf der eigenen Teilnahme an Sitzungen des Hypnoseforschers und Parapsychologen Albert Freiherr von Schrenck-Notzing. In einem Brief berichtete Mann, »noch nie mit einem Vortrag so viel Beifall gefunden« zu haben.

Herbst, vom Zug aus

Breslau. Dann Glogau. Richtung Berlin.
Es tut mal gut, aus dem Fenster zu schaun.
Neusalz. Die Oder. Ein Kornmagazin.
Ein Damm. Eine Mühle. Die Felder sind braun.

Mäßiger Regen. Der Wald ist blass.
Grünberg. Hier baut man immer noch Wein?
Waggons voll Kartoffeln. Die Wege sind nass.
Fahrkarten, bitte! Ein Herr schläft ein.

Kinder winken. Die Schule ist aus.
Ein Tennisplätzchen. Rüben. Kraut.
Drei Kühe. Ein abgebranntes Haus.
Ein kleiner See hat Gänsehaut.

Der Herbst ist da. Und die Welt wird bunt.
Vielleicht vor lauter Traurigkeit?
Man nimmt den Herbst zur Kenntnis und
passt glänzend in die Jahreszeit.

Dem Nachbarn rutscht die Zeitung aufs Knie.
Man liest »Ein neuer Bestechungsverdacht …
Schon wieder tödliche Autopartie …
In München hat einer Gold gemacht …

Ein Rechtsanwalt wirft sich vor den Zug …
Flucht eines einflussreichen Bankiers …«
Man liest nicht weiter. Man hat genug.
Es wird schon kühl in den Coupés.

Man schläft. Und wacht hinter Erkner auf.
Es ist immer noch Herbst und immer noch kalt.
Die Bäume machen Ausverkauf
und verschleudern die bunten Blätter im Wald.

Schon Rahnsdorf. Wuhlheide. Berlin geht los.
Mit Häuserblocks und Fensterreihn.
Man nimmt den Koffer. Ein Ruck. Ein Stoß!
Der Zug läuft pünktlich ein.

14. Oktober 1929

Der Münchener Alchimist Franz Tausend (1884–1942) behauptete, Gold herstellen zu können. Er hatte Kontakt zu politisch rechtsgerichteten Kreisen um Erich Ludendorff, die von Tausends geschäftlichen Unternehmungen profitierten. Nicht wenige fielen auf den »Goldmacher« herein und kauften »Goldgutscheine«. Der Schwindel flog auf, und Tausend wurde 1931 in einem aufsehenerregenden Prozess wegen Betruges zu drei Jahren und acht Monaten Haft verurteilt.

Der eingeseifte Barbier

Friseure müssen, wenn sie seifen, reden.
Auch mein Barbier, mit Namen Guido Stich.
Er übertrifft bestimmt im Reden jeden.
Und er verwechselt dauernd mir und mich.

Er spricht, als wäre er dabei gewesen.
Er weiß genau, wenn eine Meldung lügt.
Die Kunden brauchen keine Zeitung lesen.
Sie haben ja den Stich! Und das genügt.

Indes er das Rasiergeschäft erledigt,
bedient er, ob sie wollen oder nicht,
die eingeseiften Herrn mit seiner Predigt.
Er kann nur schaben, wenn er dazu spricht.

Die Weltgeschichte und den Lauf der Zeiten
macht er bekannt. Und auch den neusten Mord.
Wenn gute Reden, sagt er, sie begleiten,
dann fließt die Arbeit, sagt er, munter fort.

Zur Zeit doziert er übers Volksbegehren.
Er ginge, wenn es ginge, zehnmal hin!
Er ist der Bartels unter den Friseuren.
Nichtarier schneidet er sehr gern ins Kinn.

Der Deutsche, sagt er, wäre schwer zu reizen.
Doch wenn, dann würde er zum wilden Tier.
Es würde ganz wie 1813.
Er mache wieder mit. Als Stabsbarbier.

Wir müssten, sagt er, Deutschland niederbrennen.
Und ganz zugrunde gehen müssten wir.
Damit wir uns auf unsern Stolz besännen.
Er mache wieder mit. Als Stabsbarbier.

Er ist mobil. Die Messer sind geschliffen.
Nur eins versteht er nicht, der liebe Kerl:
Sich selbst barbieren, hat er nie begriffen!
(Und eingeseift wird er von August Scherl.)

21. Oktober 1929

Adolf Bartels (1862–1945) war ein antisemitischer Schriftsteller, im »Dritten Reich« später vielfach geehrt.
Der August Scherl Verlag gehörte zum Medienkonzern von Alfred Hugenberg, der die Anteile 1914 erwarb. Hugenbergs Presse war für ihre rechtsnationale Ausrichtung berüchtigt.

Die Druntermieter

»Geehrter Herr, wir möchten doch sehr bitten.
Sie kamen gestern Nacht nach drei nach Haus,
und sind Sie über uns herumgeschritten.
Das macht man nicht und zieht die Stiefel aus.

Wir wälzten uns, das ist nicht übertrieben,
(und sah ich auf die Uhr) die ganze Nacht
in meines Mannes Bett bis gegen sieben,
und hab ich nicht ein Auge zugemacht.
Die Treppe knarrte in gemeinster Weise,
Das geht zu weit und hat uns so gestört!
Mein Mann kommt, wenn es vorkommt, nachts so leise,
dass er es selber, sagt er, gar nicht hört.

Wir schreiben diesbezüglich völlig offen
und wollen, dass Sie künftig ruhig sind
und zeitig schlafen gehn, entschieden hoffen.
Ergebenst bis auf weitres … Medesind.«

Einst hieß es, eine Wohnung zu besitzen,
sei unbeschreiblich. Doch nun hat man sie
und schleicht des Nachts auf seinen Zehenspitzen
genau noch so, als wär man in Logis.

Ob man über, after oder neben
gemietet hat, es bleibt sich ganz egal.
Die andern können ohne dich nicht leben
und machen dir, sooft es geht. Skandal.

Für irgendeinen, der sich gerne streitet,
bist du, wo du auch hausest, stets zu laut.
Die neuen Menschen sind so zart besaitet.
Die neuen Häuser sind so dünn gebaut.

Drum geh gefälligst zeitig in die Betten
und atme nicht! Es sei denn außer Haus.
Mensch, wenn die Menschen keine Nachbarn hätten,
dann hielten sie's vor lauter Glück nicht aus.

28. Oktober 1929

6-Tage-Rennen

Sie sitzen sechs Tage auf Rädern.
Sie fahren sechs Tage im Kreis.
Ihr Podex wird zusehends ledern.
Sie laufen sich langsam heiß.

Sie spurten und stürzen und jagen.
Sie fahren sehr häufig sehr schnell.
Auch fahren sie, sozusagen,
mitunter nicht ganz reell.

Sie brauchen den Kopf nur zum Bücken
und schmissen ihn lieber fort.
Denn bloß der verlängerte Rücken
führt hier das große Wort.

Sie fahren sechs Tage im Kreise.
Sie treten sechs Tage Pedal.
Das Publikum stiftet Preise
und macht bei der Wertung Skandal.

Sie steigen nur ab, wenn sie müssen.
Sie trinken die Eier roh.
Sie dürfen sechs Tage nicht küssen
und sind darüber noch froh.

Die Frauen betrachten die Wade
des Fahrers X. sehr scharf und denken:
»Es ist doch schade,
dass er nur radfahren darf.«

Sie fahren fast ohne Pause.
Kein einziger Stuhl steht leer.
Es ist wie im Irrenhause!
Und vielen gefällt das sehr.

Meist wurde schon vorher besprochen,
wer siegt und wer verliert.
Sie fahren ununterbrochen.
Sie fahren wie geschmiert …

4. November 1929

Saldo mortale

Ein Mann, der einen Selbstmord unternahm
und den man rettete, als er schon schlief,
schrieb, als er schließlich wieder zu sich kam,
den Brief:

»Ihr Esel habt mich wieder aufgeweckt.
Ihr habt mit mir geturnt. Ich war schon tot.
Ihr habt mich krummgedrückt und langgestreckt.
Ich war schon fast hinüber, sapperlot.

Ihr habt mir meine Steuern nie bezahlt.
Ihr habt mir nie nur eine Mark geborgt.
Ich hatte einen Posten, den Ihr stahlt.
Ihr habt mir keinen anderen besorgt.

Ihr habt mich überall herumgeschickt.
Ich wollte Arbeit. Doch Ihr gabt sie nicht.
Ihr habt mich kalt und böse angeblickt.
Ihr spracht mit mir, wie man mit Dieben spricht.

Ihr habt mich, als ich krank war, nicht geheilt.
Ihr habt mich, wenn ich krank war, noch gekränkt.
Ihr habt Euch, als ich lebte, nie beeilt!
Selbst meine Frau hat sich an Euch verschenkt.

Ihr weckt mich auf. Woher nehmt Ihr den Mut?
Ihr hieltet mich zurück. Ich wollte fort.
Wenn jemand endlich das, was ich tat, tut,
dann wird die Lebensrettung schwerer Mord.

Habt Ihr mich denn noch nicht genug gequält?
Soll das noch einmal losgehn Tag für Tag?
Ich denk nicht dran! Das hat mir noch gefehlt!
Ich mag nicht mehr! Warum? Weil ich nicht mag.«

Man muss nicht leben, wenn man es nicht darf.
Als er im Blatt von seiner Rettung las,
stieg er zum vierten Stock hinauf und warf
sich in den Hof. So sparte er noch Gas.

11. November 1929

Leicht abgeändert aufgenommen in *Ein Mann gibt Auskunft*.

Lied für Bariton

Ein Schupo an der Ecke stand
und diente mit bewegter Hand
dem täglichen Verkehre.
Er winkte hin, er winkte her.
als ob der wachsende Verkehr
für ihn erfunden wäre.

Ach! (denkt der Schupo), wär ich nur
von noch viel größerer Statur
und hätte Affenarme!
Er schmiss die Handschuh rechts und links.
Die Autos fuhren längs und rings
und folgten dem Gendarme.

Da kam was Amtliches vorbei:
ein Dienstauto der Polizei,
mit Offizier und Hündchen.
Dem Rang nach war es ein Major.
Der Schupo grüßte längst zuvor.
Ach, nur ein Viertelstündchen.

Er hob korrekt die rechte Hand
und stand, die Hand am Mützenrand,
als habe er die Tabes.
Zwei Autos rasten auf den Damm.
Drei andere krachten laut zusamm'.
Und auch Verletzte gab es.

Moral:
Ein Mensch, der mit dem Tode büßt,
dass ein Gendarm den andern grüßt,
der denke nicht an Rache.
Im Gegenteil: er denke noch:
»Und sterb ich auch, so sterb ich doch
für die gerechte Sache!«

18. November 1929

Die Reichsbahnzeitung

Die DAZ ist Deutschlands größte Zeitung.
Das heißt im Hinblick aufs Format allein.
Im Hinblick auf die Ziffer der Verbreitung,
da könnte sie entschieden größer sein.

Die DAZ erscheint für reiche Leute.
Sie ist das Herzblatt unsrer Industrie.
Es gibt nicht viele solcher Leute heute.
Die DAZ will leben. Aber wie?

Denn eine Zeitung muss sich schließlich lohnen.
Sie braucht viel Geld. Woher, das ist egal.
Wenn gar nichts hilft, dann helfen Subventionen.
Der DAZ blieb keine andre Wahl.

Sie wollte Geld von denen, die sie lesen.
Die Industrie gab diesem Wunsch nicht statt.
Dergleichen widerspreche ihrem Wesen.
Wohl dem, der eine deutsche Reichsbahn hat!

Die abonniert 5000 Exemplare
der DAZ, ist das nicht etwas stark?
4000 Exemplare: macht im Jahre
die Summe von 300 000 Mark.

So lebt die DAZ auf ihre Weise.
Und wenn sie mit der Subvention nicht reicht,
erhöht die Reichsbahn wieder mal die Preise.
Für Aufsichtsräte ist das kinderleicht.

Man braucht den Posten nicht mal zu verstecken!
Nein, man benutzt, sagt man, die DAZ
zu hochgestimmten Propagandazwecken
und hängt sie in der Reichsbahn aufs Klosett.

Dort wird sie dann von Spaniern, Russen, Britten
auf internationale Art verwandt.
Die DAZ, gehörig kleingeschnitten,
wirbt handgreiflich für unser Vaterland.

25. November 1929

Die Aktienmehrheit an der *Deutschen Allgemeinen Zeitung* war seit Ende der 1920er-Jahre in der Hand der Ruhrlade, einer Interessenvereinigung der zwölf einflussreichsten Ruhrindustriellen, zu denen Krupp, Thyssen, Haniel u. a. gehörten.

Das indiskrete Gespenst

Berlin wird zum Dorado der Gespenster.
Die Geister machen sich erstaunlich breit.
Sie kommen ungesehn durch Tür und Fenster.
Sie stehlen Geld. Sie wissen gut Bescheid.

Da ist das »Nachtgespenst«, das alle kennen.
Und nur die Polizei kennt es noch nicht.
Es kommt bei Nacht, wenn keine Lichter brennen.
Wie soll sie es da fangen, ohne Licht?

Es kommt des Nachts, wenn die Berliner schnarchen,
schleicht in die Kammern auf gespitztem Zeh
und stiehlt Charlottenburger Patriarchen
die Zipfelmütze und das Portemonnaie.

Es bricht geschickt die allerstärksten Ketten.
Wenn man es fassen will, ist es zu spät …
Im Hinblick auf Berliner Damenbetten
hat das Gespenst seine Spezialität.

Es lüftet ungefragt die warmen Decken
und sieht an dem, was drunter liegt, sich satt
und liebt es nicht, die Damen aufzuwecken,
weil es auch ohnedies Vergnügen hat.

Die Damen haben sicher nicht gelogen.
Es stimmt bestimmt, was in den Blättern steht.
Das Nachtgespenst ist einfach schlecht erzogen,
sonst wär es nicht so scheußlich indiskret.

Man blickt nicht fremden Damen in die Betten!
Wenn aber doch, so blickt der Mann nicht nur!
Das ist beleidigend! Ich möchte wetten,
das Nachtgespenst ist weiblicher Natur.

Wie dem auch sei, dem Geiste geht es bestens.
Er blickt in Betten, mit und ohne Licht.
Er ist der Stammgast des Berliner Westens.
(Und nur die Polizei kennt ihn noch nicht.)

2. *Dezember 1929*

Das Nachtgespenst (siehe schon *In Berlin spukt's*) hatte seine Aktivitäten von Charlottenburg nach Prenzlauer Berg ausgeweitet und blieb ein beliebtes Thema der Berliner Presse.

Kostümballade

Wird die Arbeit unerträglich,
und manchmal ist das der Fall,
gehn die Menschen (manche täglich)
in Kostümen auf den Ball.

Schöne Fräuleins gehn als Pagen.
Und sie zeigen, was es gibt.
Oder tragen Trikotagen,
hinter denen sich's verschiebt.

Rechnungsräte ähneln Rittern.
Lehrer fahren Karussell.
Scharfe Platzmatronen zittern.
Meyer kommt als Wilhelm Tell.

Und sie tanzen wie besessen.
Selbst der Leichtsinn wird zur Pflicht.
Und sie möchten sich vergessen.
Doch so einfach ist das nicht.

Sondern nein, und sie ertränken
sich und ihn und sie im Schnaps.
Und sie hören auf zu denken,
und die Freude wird zum Klaps.

Alles Schöne wird bewitzelt.
Alles Nackte wird befühlt.
Alles Runde wird gekitzelt
und wie fremdes Geld durchwühlt.

Alles schreit und tobt im Saale,
wie nach langer Einzelhaft.
Wild gewordene Normale
sind ein ganz besondrer Saft.

Maul und Bluse stehen offen.
Und das meiste ist plombiert.
Der Betrachter steht betroffen,
weil der Deutsche, wenn besoffen,
nicht bloß den Verstand verliert.

16. Dezember 1929

Festlicher Brief

Ganz rasch paar Zeilen, gutes Kind.
Hier gibt's von früh bis spät Geschäfte,
die samt und sonders eilig sind.
Es geht fast über meine Kräfte.

Ich bin nervös. Es regt mich auf.
Ich bin mein eigner Stadtvertreter.
Viel Kommission und kein Verkauf.
Was ich Dir schenke … Davon später.

Ob ich schon Dienstag kommen kann,
ist allerdings die große Frage.
Ja, schimpfe nur auf Deinen Mann!
Wir rechnen hier mit jedem Tage.

Ich sause dauernd durch die Stadt.
Was ich Dir schenke … Der kann lachen,
der nichts als einen Laden hat.
S. Stern u. Co. geht sicher krachen.

Die ganze Fertigindustrie
plant eine offene Erklärung.
Wie geht's den Kindern? Grüße sie.
Und wartet nicht mit der Bescherung.

Nachher muss ich aufs Amtsgericht.
Prozess mit einem guten Kunden.
Was ich Dir schenke … weiß ich nicht.
Ich hab noch keine Zeit gefunden.

Du denkst, dass ich nicht daran denke?
Du kriegst schon was. Und es ist klar,
dass ich Dir keinen Tinnef schenke.
N. B. Hat es nicht Zeit bis Januar?

23. *Dezember 1929*

Neujahrswunsch

Der Globus duftet nach Benzin.
Der Fortschritt riecht nach Windeln.
Die Seele hat nichts anzuziehn
und sehnt sich sehr nach dem Termin,
an dem wir uns beschwindeln.

Die Hoffnung ist nur ein Komplex.
Die Wünsche, die wir hegen,
sind lauter ungedeckte Schecks.
Man blickt zum Himmel – und ein Klecks
ist meist der ganze Segen.

Gott liefert auch nur gegen bar!
Und trotzdem hofft man fleißig
und wünscht sich Glück von Jahr zu Jahr,
so auch zum 1. Januar
für 1930.

Die Wünsche, die man schreibt und spricht,
sind billige Geschenke
und haben nur Papiergewicht.
Und sie erfüllen sich auch nicht,
wenn ich sie nichts als denke.

Drum wünsch ich nichts als dreimal Mut
und möglichst wenig Schmerzen!
Die Erde ist kein Rittergut
und auch kein Wohlfahrtsinstitut
für angebrochne Herzen.

Doch wer noch hofft und überhaupt
an alle guten Geister glaubt,
dem wünsch ich Glück und Segen.
Nur eins bemerk ich noch geschwind:
Wenn er das große Los gewinnt,
hat's nicht an mir gelegen!

30. Dezember 1929

Vom Grüßen

Unsre Reichswehr-Ehrenkompagnie
grüßt nur militärische Personen.
Andren gegenüber scheint sich die
Höflichkeit nicht sonderlich zu lohnen.

Unser Kanzler, Hermann Müller, ist
demnach auch kein Gegenstand zum Grüßen.
Unser Kanzler ist nur Zivilist,
und das lässt ihn unsre Reichswehr büßen.

Ungeehrt und quasi ungesehn
schleicht der höchste Mann im Staat vorüber.
Denn sie machen vor der Kleidung schön!
Jede Uniform ist ihnen lieber.

Halt! War Müller nicht beim Militär?
War er nicht vielleicht sogar Gefreiter?
Also schön! Wie wär's? Vielleicht bringt er
es in Zukunft als Gefreiter weiter!

Klipp und bündig: Es bedarf der Tat,
dem Verhalten der Armee zu steuern!
Und so komme Müller als Soldat
künftig zu den offiziellen Feiern.

Aber ach, wenn er dann vor sie tritt,
wird man ihm erst recht nicht präsentieren!
Sondern *er* muss im Paradeschritt,
Augen rechts, die Front entlangmarschieren …

So geht's wieder nicht. Sonst wird dann noch
unser Müller, Kanzler und Gefreiter,
furchtbar angeschnauzt und fliegt ins Loch.
(Wegen schlapper Haltung usw.)

Toter Punkt. Wie regelt man die Sache?
Wie der Kanzler neulich traurig aussah …
Eins ist not: Der Wehrminister mache
ihn zum General honoris causa!

6. Januar 1930

Beim Neujahrsempfang 1930 verweigerte die Ehrenwache dem Reichskanzler Hermann Müller den Gruß. Der SPD-Politiker Müller war der letzte Reichskanzler, der mit Reichstagsmehrheit regierte (1928–1930).

Brief aus Köln!

Diesmal luden sie mich als Verfasser
zeitgenössischer Gedichte ein.
1918 lag die Sache krasser.
Und das Volk sprach, wenn auch langsam: Nein.
Doch seitdem floss sehr viel Kölnisch-Wasser
durch den Rhein.

Damals war ich eine Art Gefreiter
bei der deutschen Fuß-Artillerie …
Auf dem Schießplatz Wahn als Meldereiter …
Kölner Mädchen … »Ganze Batterie!«
19-jährig … herzkrank usw. …
Die bekannte junge Herrnpartie.

Mit 300 Fraun und viel Geprassel
ging die Wahner Dynamitfabrik verschütt.
Später kam der übrige Schlamassel.
Später Kaiser Wilhelms Übertritt.
Die Soldaten türmten Richtung Kassel.
Und die Offiziere türmten mit.

Deutschland, heißt es, übt sich im Genesen.
Und wir wären quasi mitten drin.
Alles ist, als wär es nie gewesen.
Die Vergangenheit hat wenig Sinn.
Und ich will hier Kriegsgedichte lesen,
weil ich dazu hergekommen bin!

Viele Leute sind so gern versöhnlich.
Und sie werden fett vor Zuversicht.
Viele Leute finden es gewöhnlich,
wenn man heute noch von gestern spricht.
Doch zu ihnen zähle ich persönlich nicht.

13. Januar 1930

Kästner besuchte Köln anlässlich einer Lesereise. Dort war er als Gefreiter zum Ende des Ersten Weltkrieges (September bis Dezember 1918) in der »Artillerie-Messschule« für einige Monate stationiert.

Berlin wackelt

In Berlin wird nicht gefackelt.
Tradition ist überlebt.
Alles wankt und alles wackelt.
So, als ob die Erde bebt.

Gestern noch auf stolzen Rossen.
Heute schon das Schild vorm Haus:
»Bis auf weiteres geschlossen.«
Morgen in Konkurs – und aus.

Vor den herrlichsten Lokalen
wird besagtes Schild gemalt.
Und die Luft schwirrt voller Zahlen.
Fehlt nur einer, der sie zahlt.

Täglich kommt etwas ins Rollen.
Sklarek, Jessner, Schacht und Böß,
Politik und was Sie wollen,
Was das macht?
Das macht nervös.

Wird man auch von Ihnen lesen?
Heute sind Sie noch etwas.
Morgen sind Sie's schon gewesen!
Und verschwinden klein und blass.

Und das soll sich noch verschärfen?
Wenn es nur nicht noch geschieht,
dass die Häuser Steine werfen
und das Pflaster Blasen zieht.

Denn Berlin ist nicht geheuer.
Das Malheur geht seinen Trott.
Zahlt die Spree noch keine Steuer?
Morgen macht auch sie Bankrott.

Doch getrost! Wenn heute hundert
Leute spurlos untergehn,
gibt es keinen, der sich wundert.
Weil ja morgen hundertzehn
schon an ihrer Stelle stehn!
Na, also!

20. Januar 1930

Die Kleider-Firma der Brüder Sklarek hatte seit 1926 die städtischen Dienststellen beliefert und dabei zahlreiche gefälschte Rechnungen ausgestellt. Der Schaden dieses Korruptionsskandals belief sich auf mehr als zehn Millionen Reichsmark und hatte Einfluss auf die Berliner Kommunalpolitik, zumal die Sklareks als großzügige Spender in alle Parteirichtungen auftraten. Der Prozess zog sich bis 1932 hin und endete mit einer Verurteilung der Brüder Max, Leo und Willi Sklarek zu je vier Jahren Zuchthaus.
Gustav Böß (1873–1946) war DDP-Politiker und von 1921 bis 1929 Oberbürgermeister von Berlin. Er trat aufgrund des Sklarek-Skandals am 9. November vom Amt zurück.
Der Theaterregisseur Leopold Jessner (1878–1945) war seit 1928 Generalintendant der Schauspielbühnen des Staatstheaters Berlin; er verlor die Intendanz 1930 und erhielt nur noch einen Regievertrag.

Schlaflosigkeit

Ich las im Blatt von einem Mann,
der schläft – weil er nicht anders kann –
seit fünfzehn Jahren keine Nacht.
Er brennt stattdessen egal Licht.
Man muss sich wundern, wie er's macht.
Denn auch am Tage schläft er nicht.

Im Weltkrieg traf den Mann ein Schuss.
Seitdem ist's mit dem Schlafen Schluss.
Die Herren Professoren stehn
und starren auf das Phänomen,
weil ihnen, wie das Blatt erzählt,
für so was die Erklärung fehlt.

Das Resultat (wenn man's erfährt)
ist selbstverständlich sehr viel wert.
Denn: Wird das Schlafen abgeschafft,
verbilligt das die Arbeitskraft
um ungefähr den halben Preis!
Man sieht: Es lohnt sich der Beweis.

Die erste Frage ist wohl jetzt:
Wie man uns, künstlich, so verletzt,
dass uns der Schlaf, wie jenen Mann,
auf keine Art mehr stören kann.
Wir wären dann, zu jeder Zeit,
von unerhörter Munterkeit.

Es sänk der Personalbedarf.
Ein jeder schuftete für zwei.
Die Arbeitgeber würden scharf
und endlich wieder schuldenfrei.
Das wäre eine goldne Zeit!
Es ist nur noch nicht ganz so weit.

Wann wird man endlich operiert,
dass man den Durst, den Appetit,
die Sehnsucht und den Schlaf verliert
und trotzdem kerngesund aussieht?
Das wäre für die Arbeitnehmer,
im Gegensatz zu heute, viel bequemer.

27. Januar 1930

Nennt sich das Winter?

Dass man den Winter so sehr suchen muss ...
Ich bin seit gestern dauernd umgestiegen.
Und sah vom Zug aus Stadt und Dorf und Fluss,
nur keinen Schnee (den ich doch suchte) liegen.

Im Speisewagen gab es Rindsfilet.
Mit Fasern, die sich in die Zähne klemmten.
Der Zug fuhr schnell. Und nirgends gab es Schnee.
Bei Ulm noch nicht. Und nicht einmal bei Kempten.

Der Himmel war im Allgemeinen klar.
Doch der Kalender war sich nicht im Klaren.
Der Zug fuhr schnell, weil es ein Schnellzug war.
Wie lange sollte ich denn noch so fahren?

Der Wald trug Raureif wie aus weißem Filz
und wirkte fast wie großer, bleicher Ginster.
Der Wald bekam das Aussehn eines Bilds.
Die Sterne zwinkerten. Es wurde finster.

Der Zug kroch höher. Näher kroch das Ziel.
Dicht hinter Immenstadt lag etwas Weißes.
Das war tatsächlich Schnee. Wenn auch nicht viel.
Und nun begann die »Region des Eises«.

Ich schrie beim Anblick jedes weißen Flecks.
Ich zählte Schnee! Das machte große Mühe.
Mitunter war es bloß ein kleiner Klecks,
wie das Ergebnis weißgefärbter Kühe.

Heut Morgen traf ich nun im Allgäu ein.
Die Welt ist grün. Der Schnee liegt in Portionen,
als sei er vom Verschönerungsverein
für die herangerollt, die nun hier wohnen.

Was nützt mir jetzt mein Wunsch nach Eis und Schnee?
Ich wollte kindisch durch die Wälder traben.
Hier gibt's nur Maskenball und Fünfuhrtee!
Das war zu Hause billiger zu haben.

3. Februar 1930

Kästner verbrachte seinen Winterurlaub von Ende Januar bis Mitte Februar in Oberstdorf.

Kriegsbericht

In meinem Winter-Erholungsort,
da wackelt z. Z. die Wand.
Da treibt z. Z., in einem fort,
die deutsche Reichswehr Wintersport.
Für Gott und Vaterland.

Da fährt sie, und da springt sie Ski.
Und hebt den Ortsverkehr.
Die Berge stehen vis-a-vis
und starren, so erstaunt wie nie,
auf unser Militär.

Auf jeden Mann kommt ein Offizier.
Und Generäle gibt's gleich vier.
Schwarzweißrotgold juchhe!
Viel Generäle gibt es hier.
Und beinah keinen Schnee.

Was das den Offizieren tut!
Sie passen ja bloß auf.
Sie essen und sie trinken gut
und sammeln für die Mannschaft Mut
zum Großen Staffellauf.

Ich fühle mich total verirrt.
Ich fühle mich beengt.
Wie das Hotel von Sporen klirrt!
Und in den Zimmern hat der Wirt
Kriegsbilder aufgehängt.

Da fällt mir, was das kostet, ein.
Mir tun die Steuern leid.
Ein Mädchen sprach, es war noch klein:
»Das ist ein teurer Sportverein!«
Das Kind ist ganz gescheit.

10. Februar 1930

Immer noch im Ferienort weilend versorgt Kästner die Redaktion des *Montag Morgen* mit dem Bericht vom »Tag der Reichswehr«, der am 5. Februar 1929 mit sportlichen Veranstaltungen begangen wurde.

Münchener Fasching

Ich hätt so gern den Hugenberg gehört!
Er wagt so selten eine offne Fehde.
Doch meine Reise hat den Plan zerstört.
Er sprach so hehr! Er war so schön empört
in seiner ersten, wenn auch letzten Rede.

Stattdessen bin ich fern von der Kultur.
Ich bin in München, wo sie Fasching feiern
und weil die Eisenbahn nicht anders fuhr.
Wohin man tritt, tritt man hier auf »Hamur«.
Das ist nun mal nicht anders bei den Bayern.

Hier ist in jedem Eckchen Maskenball.
Und nachmittags sind Kindermaskenbälle.
Hier merkt man nichts vom Nationalverfall.
Hier braust ein jeder Ruf wie Donnerhall.
Hier ist des Deutschen Reiches Gummizelle.

Die ganze Stadt ist ein maskierter Puff.
Die deutschen Männer wissen, was sie wollen,
sehn Wein und Weib, schrein »Immer feste druff!«
und enden stolz im Gonorrhö und Suff.
Hier hätten Herr Geheimrat reden sollen!

Hier darf ein jeder brüllen, wie er mag.
Hauptsache, dass es markig klingt und heiser.
Ich bleibe sicherlich noch einen Tag,
schimpf auf Versailles, Young und Dawes und Haag
und geh zum Maskenball als deutscher Kaiser.

17. Februar 1930

Der Medienunternehmer, Großindustrielle und DNVP-Politiker Alfred Hugenberg (1865–1951) war einer der wichtigsten Strippenzieher der politischen Rechten, galt aber nicht als großer Redner.

Panzerkreuzersonate

So leb denn wohl, mein Kreuzer B!
Du warst so gut wie fest versprochen.
Es tut mir in der Seele weh:
Nun wird das Panzerkreuzer-ABC,
wer weiß wie lange, abgebrochen.

Weil man kein Geld hat, wird erklärt!
Das ist kein Grund. Wozu gibt's Steuern?
Die Sparsamkeit ist hier verkehrt.
Denn ein paar Kreuzer wäre es schon wert,
die Zukunft auf dem Wasser zu erneuern.

Ich halte nichts von der Chemie,
von blauem Kreuz und Leverkusen.
Ganz ohne Schiffe geht es nie.
Sagt, was ihr wollt. Wir brauchen sie.
Wir brauchen Flotten und Matrosenblusen.

Den Kreuzer her! Wir brauchen ihn.
Und droht nicht mit den Staatsbilanzen.
Wer Schiffe hat, kriegt Kolonien.
Dort könnten wir dann größere Partien
von Arbeitslosen hinverpflanzen.

Dann würden wir die Sozialisten los.
Wir schickten sie nach Übersee.
Dort wäre Platz. Die Welt ist groß.
Nun wird nichts draus. Was macht man bloß …
So leb denn wohl, Popanzerkreuzer B!

24. *Februar 1930*

Der Haushaltsetat der Reichsregierung vom 18. Februar 1930 bedeutete die Zurückstellung des Panzerkreuzers B, eines umstrittenen Rüstungsprojekts.

Alles hat Dalles

Ein ungeschulter Kopf wie meiner
hat für gewisse Sachen wenig Sinn.
Kein Mensch hat Geld. Und Geld hat keiner.
Doch ich verstehe nicht: Wo ist es hin?

Erst war es da. Nun ist's verschwunden.
Doch irgendwo muss es ja schließlich sein.
Hat es denn gar niemand gefunden?
Nun ist es fort. Und wir sind so allein …

Es heißt, man solle sich gedulden.
Doch auch die Hoffnung leidet durch Gebrauch.
Die großen Städte haben Schulden.
Und die Privatpersonen haben auch.

Vom Vorschuss kann man selten leben.
Vor allem dann nicht, wenn man ihn nicht kriegt.
Der Chef erklärt, er könne keinen geben.
Er habe selber nichts. Woran das liegt?

Liegt es zum Beispiel an der Steuer?
Liegt es am Ausland oder bloß an Schacht?
Geld ist für den, der keins hat, teuer.
Vorausgesetzt, dass er's nicht selber macht.

In allen Köpfen summen Summen.
Was hilft das Geld, das man im Kopfe hat!
Es ist, als wären wir die Dummen.
Vom Einmaleins wird man mitnichten satt.

Man denkt gerührt an die besonnten
Jahrzehnte aus der hehren Gründerzeit.
Wer heute Geld hat, hat im Ausland Konten,
Die andern werden nur sehr spät gescheit.

Inzwischen werden neue Steuern kommen.
Ich weiß schon, wer sie zahlen soll.
Auch was man nicht hat, wird noch weggenommen.
Toll!

3. März 1930

Die Wendung »den Dalles haben« ist dem Jiddischen entlehnt und heißt: in Geldnot bzw. in der Klemme stecken.

Belauschte Allegorie

A.:
Sämtliche Steine der Pyramiden
gleichen einander so ungefähr.
Nur in einem Punkt sind sie verschieden:
Die unteren Steine tragen viel mehr.

B.:
Ihre Anteilnahme ist ehrenwert.
Die Steine haben sich wohl beschwert?
Es sind nun mal nicht alle die Ersten.
Die Untersten haben es immer am schwersten.

A.:
Wäre es nicht in solchen Fällen
besser, man kippte die Dinge um?
Pyramiden auf den Kopf zu stellen,
fänd ich nicht dumm.

B.:
Dann gingen die Pyramiden in Trümmer.
Die Steine fielen und würden gehoben.
Doch wieder wäre die Spitze oben.
Und unten wären sie breit wie immer.

A.:
Wenn bei den Menschen, pardon!, bei den Steinen
alles wie wild durcheinandergerät –
schließlich liegt doch zum Schluss, wie Sie meinen,
unten und ewig die Majorität?

B.:
Das mein ich. Die Geometrie ist vernünftig.
Da hilft kein Weinen. Da hilft kein Hauen!
Da hülfe nur eins.

A.:
Und das wäre?

B.:
Künftig
vielleicht keine Pyramiden mehr bauen …

10. März 1930

Aufgenommen in *Ein Mann gibt Auskunft.*

Sex Appeal

Da können sie nun krumme Beine haben.
Und eine Nase, die zum Himmel schreit.
Und eine Haut, wie eben ausgegraben,
und so, als sei sie überall zu weit …

Da kann, was rund zu sein hat, völlig fehlen,
beziehungsweise außer Fassung sein.
Sie können Haare haben wie zum Zählen.
Und Doppelkehlen. Und ein Überbein …

Da brauchen sie moralisch nichts zu taugen.
Und brauchen kein Gehirn. Und kein Profil …
Wenn sie nur eins besitzen: in den Augen
den Sex Appeal!

Wer ihn nicht hat, der lasse sich begraben.
Die schönste Schönheit nützt ihm so nicht viel.
Nicht jede hat, doch jede will ihn haben,
den Sex Appeal.

Das Wort ist neu. Die Sache selbst ist älter.
Schon ein gewisser Adam fiel drauf rein.
Er war Rentier. Und wurde Angestellter.
Und was war schuld? Der Sex Appeal allein!

Wir säßen heute noch im Paradiese.
Wir spielten heute noch mit Tigern Skat,
beim Baum des Lebens, auf der großen Wiese,
gesund und blöd und ohne Apparat …

Der Sex Appeal erschuf den Rechenschieber,
den Krieg, den Zoll und den Rokokostil.
Nun sagen Sie: Wie ist es Ihnen lieber?
Mit oder ohne Sex Appeal?

17. März 1930

Tag des Buches

Der Tag des Buches ist gewesen.
Dem Dichter fällt es künftig leicht.
Das deutsche Volk wird Bücher lesen,
so weit sein blaues Auge reicht.

Und nagt es mit dem einen Beine
auch noch so sehr am Hungertuch –
das andre Bein besorgt das Seine
und greift gefasst zum schönen Buch.

Die Arbeitslosen lesen Rilke.
Die Hakenkreuzler lesen Renn.
Und auf dem Bahnhof steht Herr Stilke
und deklamiert aus Gottfried Benn.

Wir sind das Volk der Dicht- und Denker:
Das Ministerium verfügt;
es reden Herrn im Bratenschwenker;
wir sollen lesen!, das genügt.

Nun kann der Edgar Wallace lachen.
Jetzt kann er seine Produktion
getrost verfünf-, sechs-, siebenfachen.
Das deutsche Volk, das kauft ihn schon.

Die Makulakultur wird siegen,
wie man die neue Richtung nennt.
Der Autor murmelt vor Vergnügen:
»Kreuzhimmelbombensortiment!«

Der Tag des Buches ist gewesen.
Die fremden Länder stehen Kopf.
Denn jeder Deutsche, ist zu lesen,
hat sonntags nun sein Buch im Topf.

24. *März 1930*

Georg Stilke »erfand« in Deutschland die Bahnhofsbuchhandlung mit Kiosk.

Fernzündung

Marconi ist ein heller Kopf.
Er dampft zur Zeit im Mittelmeer
auf einem Dampfer hin und her
und drückt auf einen Knopf.

Er drückt den Knopf bei Genua.
Er drückt ihn kurz. Er drückt ihn schlicht.
Er drückt im Mittelmeer. Und da –
da wird in Sidney Licht!

Die Lampen der entfernten Stadt,
die brennen plötzlich drahtlos an.
Marconi ist ein kluger Mann.
Australien ist platt.

Der Fortschritt schreitet fort und fort.
Das grenzt bereits an Dauerlauf.
Man schwitzt und fragt: Wann hört das auf?
Die Wissenschaft treibt Sport.

Macht künftig einer eine Tour
und seine Frau sitzt brav zu Haus,
dann knipst er ihr, Punkt zwanzig Uhr,
obwohl sie liest, die Lampen aus.

Und die Elektro-Wirtschaft macht
Geschäfte mitten in der Nacht:
Wenn alle Leute schlafen,
dann knipst sie Millionen Birnen an!

Marconis Klugheit kränkt und stört.
Warum er stets erfinden muss?
Der Apfel fällt nicht weit vom Schuss.
(Was gar nicht hergehört …)

Der Fortschritt bringt sehr oft Verdruss.
Na, machen wir für heute Schluss.

7. April 1930

Guglielmo Marconi (1874–1937) war ein Pionier der drahtlosen Telegraphie.

Osterpredigt

Kein Kind glaubt heute mehr ans Eierlegen,
sofern es sich hierbei um Hasen dreht.
Und während wir die Grimm'schen Märchen pflegen,
bemerken unsre Kinder bloß: »Von wegen!«
und sehen nach, wie Mansfeld-Bergbau steht.

Wenn wir im Kanapee zu Osterzwecken
oval geformten Marzipan verstecken,
ruft nebenan das Kind ins Telefon:
»Wenn Sie nicht zahlen, lass ich zwangsvollstrecken,
und außerdem verbitt ich mir den Ton!«

Wir gehen ganz vergeblich in die Lehre.
Und wenn wir fragen, was ein Roadster wäre,
dann blicken sie uns nur voll Mitleid an:
»Es ist ganz zwecklos, dass ich das erkläre,
denn du kapierst es doch nich, oller Mann.«

Das ist so gut wie gar nicht übertrieben.
Wir sind entsetzlich weit zurückgeblieben.
Wir holen unsre Kinder niemals ein.
Das Einzige, was wir können, ist: sie lieben
und ihnen trotzdem nicht im Wege sein …

Da brütet man nun über Ostereiern
und wird die Feste prompt herunterleiern.
Faulheit wird sonntags Tradition genannt.
Die Kinder werden weiter mit uns feiern.
Denn Kinder sind zum Glücke tolerant.

22. April 1930

MM DER MONTAG MORGEN

Morgen-Verlag G. m. b. H., Hedemannstr. 18, Sonntags-Redaktion ab 5 Uhr nachmittags: Möckernstraße 144. Tel.: Bergmann 1348 und 4318-14. An den übrigen Tagen: SW 48, Hedemannstr. 18 Tel.: Bergmann 7045-47. Bezugspreis durch die Post 2.10 M. vierteljährlich unter Streifband 3 M.

Anzeigenpreis: Millimeter-Zeile 0.40 Reichsmark, Reklame-Zeile 2.– Vorzugsplacierung nach besonderem Tarif. — Druck: Arthur Lehmann, Stresemannstraße 67

Berlin, 22. April 1930 — Ausg. B

Achter Jahrgang — Nr. 16

Preis 20

Blutige Krawalle in Leipzig

Drei Todesopfer des Roten Jugendtags

Leipzig, 21. April.

(Von unserem Berichterstatter.)

... Jugendtag", den die kommunistische ... Ostertagen in Leipzig abhielt, hat ... Ende genommen. Am Sonntagnach... Uhr kam es auf dem Grimmaischen ... einem schweren Zusammenstoß zwi... ...tischen Jugendlichen und Polizei, ... Polizeibeamten und einem De... das Leben kostete. Vier Beamte ... verletzt, einer von ihnen lebens... ... Demonstranten wurden mit Ver... Krankenhaus eingeliefert.

...nabend, an dem große Züge kom... ...ndlicher aus allen Teilen des ... eingetroffen waren, hatte es ... Zusammenstößen gegeben, da das ... Umzügen mit Musik von den ...rholt durchbrochen wurde. ..., dem eigentlichen „Jugend... ...er Aufmarsch der kommu... ..., den die Polizei genehmigt

Der Polizeiobermachtmeister Kappe erlag einige Stunden später seinen Verletzungen.

Ein weiterer Beamter schwebt noch in Lebensgefahr.

Einer der Demonstranten, dessen Personalien bisher noch nicht festgestellt werden konnten, erlitt eine tödliche Schußverletzung.

Weiter wurden drei Beamte und vier Demonstranten verletzt.

Auf Grund dieser Vorfälle wurden von dem Polizeipräsidenten die für den Ostermontag geplanten Kundgebungen verboten. Die von auswärts zugereisten Jugendlichen haben im Verlauf des Montag Leipzig zum größten Teil verlassen.

Am Montagmorgen wurde ein Bereitschaftsauto der Schutzpolizei auf dem Augustus-Platz von kommunistischen Jugendlichen unter Beschimpfungen aufgehalten. Als die Mannschaften den Wagen verließen, flüchteten die Demonstranten in die umliegenden Häuser.

Bei der Durchsuchung des Grundstücks Georgring 3 hat ein Beamter, der nach Darstellung der Polizei in einem finsteren Keller tätlich angegriffen worden war, von der Schußwaffe Gebrauch gemacht und den Angreifer durch einen Lungenschuß schwer verwundet.

Der Polizeipräsident hat vorläufig alle Veranstaltungen unter freiem Himmel verboten. Etwa 30 Demonstranten befinden sich noch in Polizeigewahrsam. Die Schuldigen an dem blutigen Zwischenfall im Grimmaischen Steinweg wurden bisher nicht ermittelt. Von der Staatsanwaltschaft ist eine Untersuchung eingeleitet.

... einer Mutter

Berlin, 20. April.

...orfall, dessen Einzelheiten ...t werden konnten, hat sich ...ags gegen 8,30 Uhr in der ... in Schmargendorf abge... ... ersten Stock des Hauses ... Hartmann mit seiner ...ie und dem 8 Jahre al... Seit einiger Zeit mach... ...ann nervöse Erregungs... ... einem solchen Anfall ...vormittag das kleine ... Rasiermesser und ... in die linke Halsseite ... die Kleine aus dem ...ichen Verletzun...

...ntersuchte, stellte Irr... ...e Ueberführung nach ...en ist an den Folgen ...hause gestorben. ...Katastrophe vollkom... ...ie über die Einzel...

...zeilicher Schätzung ...n. Die Umzüge

... kam es dann am ...g auf dem Au... ...roße Zahl unbe... Auto aus Chem... ...er durch die De... ...maischen Stein... ...n Jugendlichen ...sterscheiben ein ...beamte griffen ...e Weiter...

Das Wirrwar um die Emelka

Sie soll verkauft werden! — Aber an wen?

Berlin, 21. April.

In der vorigen Woche hat bekanntlich das Reichsinnenministerium seine Beamten aus der vom Reich beherrschten Filmgesellschaft „Emelka" zurückgezogen und das Unternehmen ist statt dessen in die Obhut des Reichsfinanzministeriums übergegangen. Wie der „M. M." hierzu erfährt, ist dieser Wechsel auf eine Meinungsverschiedenheit zwischen Dr. Wirth und Dr. Moldenhauer zurückzuführen. Beide Minister sind entschlossen, die Emelka-Angelegenheit, die von vornherein ein schwerer Mißgriff gewesen ist, durch Verkauf zu bereinigen. Das Innenministerium wollte aber sofort auf eines der beiden Angebote eingehen, die von dem Berliner Rechtsanwalt Roth namens einer bisher noch anonymen Gruppe gemacht worden sind. Das Finanzministerium dagegen gedenkt noch nach anderer Seite zu verhandeln. Insbesondere scheint Dr. Moldenhauer noch ein Angebot der Tobis-Gruppe zu erwarten, die ihre Vorschläge, wie erklärt wird, zurzeit von Rechtsanwalt Frankfurter ausarbeiten läßt.

Das Roth-Angebot

Ursprünglich hatte Rechtsanwalt Roth, — dessen Auftraggeber nach wie vor unbekannt sind, der aber sicherlich nicht für sich selbst handelt, — nur das oft erwähnte Pachtangebot gemacht. Das Reich sollte danach Besitzer der Firma bleiben, die Roth-Gruppe wollte aber die „Bewirtschaftung" übernehmen und der Fiskus sollte an den etwa zu erzielenden Gewinnen beteiligt bleiben.

Dieser Vorschlag ist mit Recht abgelehnt worden und Rechtsanwalt Roth kam nunmehr mit einem Kaufangebot. Er wollte das Aktienpaket des Reichs allerdings nur zu einem Kurs von 60 % übernehmen, während Severing vor einigen Monaten 120 % gezahlt hat. Die Hälfte des vom Reich angelegten Kaufpreises von rund 3 Millionen Mark würde somit verloren sein und ebenso vermutlich all das Geld, das inzwischen in Form von Krediten vom Ministerium in die Gesellschaft gesteckt worden ist. Durch das ...

Reichsgelder erfordern würde, — oder ob man die Produktion vollkommen einstellen muß, — was aber sicher den Verkaufswert der Firma noch weiter herunterdrücken würde.

Ueberdies ist die Situation am Filmmarkt gerade augenblicklich so, daß, wenn jemals, gerade jetzt „etwas zu machen" ist. Die Filmknappheit, die infolge der Umstellung vom stummen Film auf Tonfilme eingetreten ist und die nach Lage des Marktes auch im Herbst und Winter noch nicht überwunden sein wird, gibt wahrscheinlich Gelegenheit, mit einer Produktion von billigen Spielfilmen Geschäfte zu machen. Diese Aussicht wird in jedem Angebot irgendwie berücksichtigt sein. Läßt man dagegen in Fortsetzungen des bisherigen Spiel von Geboten, Ablehnungen und neuen Geboten wieder Zeit verstreichen, so wird die Ausnützung dieser Situation immer unmöglicher und die Angebote werden voraussichtlich immer kleiner werden.

Die Tobis-Möglichkeit

Wenn das Reichsfinanzministerium trotz alledem auf dem Standpunkt steht, daß man noch etwas warten müsse, so verspricht es sich offenkundig, daß irgendwo doch noch bessere Bedingungen zu erzielen seien. Und man geht wohl nicht fehl, wenn man diese Erwartung in Zusammenhang bringt mit der Rückkehr der Herren vom Tonfilm-Syndikat, des Herrn Küchenmeister und des Commerzbankdirektor Sobernheim, aus New York. Sie haben dort einen Freundschaftsvertrag mit Warner Brothers abgeschlossen, der ihnen u. a. auch eine erhebliche Dollar-Summe für die Weltlizenz auf die deutschen Tonfilmpatente eintrug. Sie sind also, wie man so sagt, sehr „flüssig".

Es würde allerdings nicht der Pikanterie entbehren, wenn das Reich jetzt gerade auf dieses Angebot einginge, das heute weniger als je als ein zuverlässig deutsches gelten kann. Schon als das Reich die Phoebus-Kinos aus der Masse der Emelka ...

Die Taktik der Bendlerstraße

Berlin, 21. ...

Bis zu diesen friedlichen Ostertagen ... die Leiter unserer republikanischen ... macht glücklicherweise niemals Gelege... ihr strategisches Können und ihr taktische... schick an einem äußeren Feind zu erpr... Und wenn das Friedensglück uns hold b... wird man — hoffentlich — niemals erfa... was sie im sogenannten Ernstfall zu le... vermögen. Aber schon heute muß anerka... werden, daß die Herren in der Bendlerstr... ungewöhnliche strategische Talente besit... Sie haben sie in allen jenen Feldzügen off... bart, die zwar streng genommen nur vor... reitende Kampfhandlungen waren, aber do... seit Gründung der Republik, ihre ernstest... Kämpfe: die mit den deutschen Steuerzahler... Da schritten sie von Sieg zu Sieg, und kein... Offensive ward begonnen, die sie nicht unt... stolzen „Victoria"-Rufen abschließen konnten. Der blasse Neid muß gestehen, daß auf diesem Kampfgebiet die Operationen unseres Militärs geradezu meisterhaft waren. Beispielsweise: der Jahresverbrauch unserer Wehrmacht ist zwischen 1924 und 1927 von etwa 450 Millionen Mark auf über 700 Millionen gestiegen, obwohl sich in dieser Zeit weder die zahlenmäßige Stärke der Reichswehr veränderte, noch die ihr zugestandene Rüstung. Dieser plötzliche Mehrverbrauch um etwa 250 Millionen im Jahre entspricht ungefähr dem Gesamtertrag sämtlicher Steuererhöhungen, die das Kabinett Brüning unter dem Vorwand einer Finanzreform soeben mit Ach und Krach durchgesetzt hat: das Recht, diese gleiche Summe auf das Ausgabenkonto des Reiches zu setzen, haben sich die Herren in der Bendlerstraße mit einem hundertmal geringeren Aufwand an Kräften erkämpft. Dank ihrer ausgezeichneten Taktik ist sogar den besiegten Steuerzahlern das Erstaunliche dieser immensen Ausgabensteigerung so wenig zu Bewußtsein gekommen, daß unsere Militärs schon geradezu als großmütig gelten, wenn sie sich seit 1927 mit rund 700 Millionen Mark jährlich begnügen. Und dies, obwohl selbst die keineswegs sparsame Wehrmacht des deutschen Kaiserreichs, z. B. 1912, als sie über sechsmal so stark war, wie die heutige Reichswehr und obendrein zum Weltkrieg rüsten mußte, insgesamt nur 1207 Millionen verbrauchte.

Jüngere Proben ihres erstaunlichen taktischen Geschicks haben die Leiter der Reichswehr in den Kämpfen um die ... Zunächst ...

... Gew...

...ß im ... ...hen mit ... Anna... ...r da, den ... gnädige ... ...prechen. ...en. Da ...

ſchwerverletzt ... den waren bereits bei den erſten ... heiten tot unter den Trümmern geborgen ... übrigen ſind im Krankenhaus ... es iſt zu be-

... ſon hatte der Paul Levi ... erbucht Dr. Paul Levi tödlichen Gas, ſo ... daß es ſich bei dem tödlichen Gas tatſächlich um Phosgen ge- ... wurde, Profeſſor Water, der nie- ... kann ... hat

Durch die ... bergs iſt längſt im Inn ... ſeine deutſchen und ruſſiſchen Giſtmiſchern ... Zuſammenarbeit mit einer Lehmannſchen ... Reichswehrminiſteriums entſtanden ... bekannt, daß für die ge- ... Verbindu-

einander, beſchwipſten ... ſchwach, ... und auf drahtloſen Wellen, ... ſoviel ... der europa-glänz- ... Augen der ... ſo lange ... aus den ... Menſchen, die

Der blaue Montag

Die Jazzfänger von Weimar

Zeichnung von Rud

„Schon wieder eine Seele vom Negertum geret—tet—tet . . .“

Osterpredigt

Von Erich Kästner.

... glaubt heute mehr ans Eierlegen,
...ch hierbei um Haſen dreht.
...nd wir die Grimmſchen Märchen
pflegen,
...nſre Kinder bloß: „Von wegen!“
...nach, wie Mansfeld-Bergbau ſteht.

... im Kanapee zu Oſterzwecken
...ten Marzipan verſtecken,
...en das Kind ins Telefon:
... nicht zahlen, laß ich zwangsvoll-
ſtrecken,
...em verbitt' ich mir den Ton!“

... ganz vergeblich in die Lehre.
...wir fragen, was ein Roadſter wäre,
... ſie uns nur voll Mitleid an:
...z zwecklos, daß ich das erkläre,
...pierſt es doch nicht oller Mann.“

... gut wie gar nicht übertrieben.
...entſetzlich weit zurückgeblieben.
... unſre Kinder niemals ein.
...e, was wir können, iſt: ſie lieben
... trotzdem nicht im Wege ſein . . .

... man nun über Oſtereiern
... die Feſte prompt herunterleiern.
...ird Sonntags Tradition genannt.
... werden weiter mit uns feiern.
...er ſind zum Glücke tolerant.

...ieber Blauer Montag!

... hatte ich auf dem alten Amtsgericht in ...un. Als ich den unentbehrlichſten Ne... Gebäudes aufſuchte, fand ich drei Ka... jede an der Türe eine andere Auf-

Dummheiten der Woche

Im „Filmkurier“ lieſt man:

„Vor dem Oberbühnenſchiedsgericht kam es zu einer Einigung zwiſchen Dr. Klein und Hans Albers. Albers zahlt an Dr. Klein 5000 Mark und ſteht ihm im Herbst auf Abbruch fünf Wochen zur Verfügung.“

Wie wir hören, verhandelt Dr. Klein wegen dieſer fünf Wochen mit Fritz Kortner.

•

Das Programmheft der Linden-Oper in der „Parſifal“-Erläuterung:

Doch Amfortas zögert, ihn, den schuldbeladenen, revueverzehrten, verlangt es einzig nach dem Tode, der seine Qualen endet.“

Alter Sünder, immer noch Luſt zum Schäkern mit den Klingsor-Girls?

•

Das „Berliner Tageblatt“ erzählt von der letzten Reichstagsſitzung:

„Nicht zuletzt dem Reichskanzler sah man deutlich an, daß die allgemeine Unruhe auch auf ihm lastete. Er war häufig außerhalb des Saales . . .“

Auch die Natur hat ihre Geſchäftsordnung!

•

In der „Voſſiſchen Zeitung“ inſeriert ein Verlag:

„G. Grinko: Der Fünfjahrplan der Sow-

Die „Frankfurter Zeitung“ referiert über das Muſikfeſt in [illegible]

„Die Feier wurde eingeleitet durch Bachs A-Moll Konzert für Blöde.“

Eine ſenſationelle Uraufführung.

•

Die „Kreuzzeitung“ meldet in fetter Ueberſchrift:

„Eine Regierung Sklarek in Polen.“

Da merkt man doch den Verſtändigungswillen mit Berlin.

•

Aus dem „Breslauer 8 Uhr-Abendblatt“ erfahren wir:

„Der Roßapfel als Heilmittel. Der Genuß roher Aepfel wirkt nicht nur auf den gesunden Verdauungsapparat günstig ein, sondern auch auf den kranken Darm . . .“

Friſcher Pferdeſtuhl fehle in keinem guten Haushalt!

•

Dem „Merkblatt für Hundebeſitzer“ entnehmen wir:

„Jeder eingefangene Hund gelangt durch den Magistrat Berlin zur Versteigerung. Wer sind meistens die Käufer? Händler, welche die Hunde an Vivisektoren verkaufen und somit ein martervolles Ende finden.“

Was ihnen von Herzen gegönnt ſei.

•

Die „Textil-Woche“ warnt vor unſoliden Einkäufen:

„Die Händler, die Teppiche vertreiben, schicken oft Leute in orientalischer Klei-

Vorſchlag

Bei dem amerikaniſchen Aſtrono... ſich den neunten Planeten aufgeſun... dieſer Tage folgender Brief ein:

„Sehr geehrter Herr Profeſſor! ... Sie bitten, den neuen Planeten ... „Quebaz“ zu nennen; für ein in Ar... Silbenrätſel brauche ich nämlich ein ... Qu anfängt und mit z aufhört. ... voraus! Ihr T. L.“

Tempo in Münch...

Einer der Brüder Ullſtein hatte ... faßt, auch in München eine Großſt... Berliner Muſter ins Leben zu rufe... Zweck begab er ſich in die bajuvari... Gleich am erſten Abend beſtieg er ... Neben ihm ſaß ein Mann, der har... genzeitung las.

An der nächſten Halteſtelle ſtürz... der Elektriſchen, nahm ein Auto, fu... hof und fuhr entſetzt mit dem Nach... lin zurück. Hier erklärte er: „In e... am Abend die Morgenzeitung gele... man keine Großſtadtzeitung ins Leb... ſo behielt München ſeine Preſſe!

(...

Der Koffer

Queckſilber hat auf einer Geſch... Polen den Inhalt des Muſterkoffers ... möchte er den Koffer auch noch an... ihm im Coupé vis à vis ein Einwo... kau. „Sagen Sie,“ beginnt Queckſ... Sie mir nicht abnehmen meinen K... Sie, wenn Sie ſo a Koffer haben, k... eintun Ihren Hut, Sie können hin...

Zur Edition:

Die Montags-Gedichte sind bereits 1989, kurz vor Ende der DDR, in einer bald vergriffenen Taschenbuchausgabe im Aufbau Verlag erschienen. Die Kommentare in dieser Ausgabe, die Alexander Fiebig besorgte, sind im vorliegenden Band berücksichtigt und ergänzt, bisweilen auch fortgelassen worden. Leitend war der Gedanke, den Entstehungskontext und heute zum Teil vergessene Personen wenigstens knapp zu erläutern, ohne die Anmerkungen zu überfrachten. Auf den Erscheinungsort und die eventuell abweichenden Alternativfassungen von 15 der hier versammelten 91 Gedichte wird hingewiesen, ohne die Veränderungen im Einzelnen zu belegen. Da Kästners Lyrikbände sich weiterhin großer Popularität erfreuen, wird der geneigte Leser keine Mühe haben, die Abweichungen zu entdecken.

Jens Hacke

Erich Kästner zum Verschenken – eine Auswahl

Zwischen hier und dort
Reisen mit Erich Kästner
ISBN 978-3-423-**14313**-4

Kästner im Schnee
Geschichten, Gedichte, Briefe
ISBN 978-3-423-**14260**-1

Meine Mutter zu Wasser und zu Lande
Geschichten, Gedichte, Briefe
ISBN 978-3-423-**14219**-9

Morgen Kinder, wird's nichts geben
Mehr oder weniger Weihnachtliches
ISBN 978-3-423-**14353**-0

Bitte besuchen Sie uns im Internet: www.dtv.de

Lesebuch-Klassiker in dtv-Originalausgaben

Älterwerden ist nicht schwer
Ein Lesebuch
Hg. v. Gregor Gumpert und Ewald Tucai
ISBN 978-3-423-**14285**-4

Das Schlummer-Lesebuch
Hg. v. Alexander Kluy
ISBN 978-3-423-**14268**-7

Das Sommerlesebuch
Hg. v. Günter Stolzenberger
ISBN 978-3-423-**14119**-2

Das Herbstlesebuch
Hg. v. Günter Stolzenberger
ISBN 978-3-423-**14336**-3

Das große Osterbuch
Hg. v. Günter Stolzenberger
ISBN 978-3-423-**14194**-9

Die Kunst des Wanderns
Ein literarisches Lesebuch
Hg. v. Alexander Knecht und Günter Stolzenberger
ISBN 978-3-423-**13867**-3

Lust aufs Land
Ein Lesebuch
Hg. v. Alexander Knecht u. Günter Stolzenberger
ISBN 978-3-423-**14407**-0

Der besondere Geschmack
Ein Gourmet-Lesebuch
Hg. v. Thomas Zirnbauer
ISBN 978-3-423-**14255**-7

Ich fahr' so gerne Rad ...
Geschichten vom Glück auf zwei Rädern
Hg. v. Hans-Erhard Lessing
ISBN 978-3-423-**14088**-1

Weihnachtswahn und Weihnachtswonnen
Ein Lesebuch zum Fest der Liebe
Hg. v. Günter Stolzenberger
ISBN 978-3-423-**13925**-0

Weihnachts-Geister
Unter- & überirdische Geschichten für die Winternächte
Hg. v. Ulf Diederichs
Illustr. v. Lucia Probst
ISBN 978-3-423-**14259**-5